AF314783

LES
ÉCOLIERS DE PARIS

OUVRAGES CLASSIQUES DU MÊME AUTEUR

MÊME LIBRAIRIE

L'Alphabet, in-18 cartonné. Quatre tableaux de lecture, d'un grand format, sont extraits de cet Alphabet.

Méthode de Lecture, où sont aplanies, par de bons principes, les premières difficultés de la Lecture élémentaire ; in-12 cartonné.

Exercices de Lecture, où sont aplanies, par de bons principes, les dernières difficultés de la Lecture, faisant suite à la *Méthode de Lecture ;* in-12 cartonné.

Les Idées enfantines, ou *la Lecture selon le goût de l'enfance*, ouvrage commençant à développer l'esprit du jeune âge, et faisant suite aux *Exercices de Lecture ;* in-12 cartonné.

Le Petit Lecteur, ou *les Premières Connaissances élémentaires ;* ouvrage continuant à développer l'esprit du jeune âge, et faisant suite aux *Idées enfantines ;* in-12 cartonné.

Exercices élémentaires de Style, ou *l'Art d'écrire*, ouvrage contenant toutes sortes de modèles de compositions, tels que : des descriptions, des lettres, des narrations, des ventes, des baux, des billets à ordre, etc.; faisant suite au *Petit Lecteur*, ou pouvant servir de livre de lecture courante ; in-12 cartonné.

Syllabaire, où sont aplanies, par de bons principes, les premières difficultés de la Lecture élémentaire ; et extrait de la première partie de la *Méthode de Lecture ;* in-12 cartonné.

La Conjugaison des Verbes. — Le Rédacteur de l'Enfance, etc.

(Sous presse.)

LE CONDUCTEUR DE LA JEUNESSE OU L'ÉTUDE DU BONHEUR A L'ENTRÉE DANS LA VIE.

Paris, imp. de ÉDOUARD BLOT, rue Saint-Louis, 46, au Marais.

LES
ÉCOLIERS DE PARIS

OU

LES CONVERSATIONS INSTRUCTIVES

AUX HEURES DE RÉCRÉATION

OUVRAGE
CONTENANT TOUTES SORTES DE MODÈLES DE COMPOSITIONS
TELS QUE DES DESCRIPTIONS
DES LETTRES, DES NARRATIONS, DES VENTES, DES BAUX, DES OBLIGATIONS
DES BILLETS A ORDRE, ETC., ETC.

Faisant suite au Petit Lecteur

PAR

BONHOURE

Ancien Instituteur et Professeur de grammaire et de philosophie

A PARIS

CHEZ A. MAUGARS, LIBRAIRE

30, RUE SAINTE-CROIX-DE-LA-BRETONNERIE, 30

1860

PRÉFACE

Le style dépend entièrement de l'imagination; il subit une infinité de formes, de convenances, de tournures ; par ce motif il ne peut être réduit en méthode, on ne peut qu'en donner les principes. Et pour que ces principes soient compris des élèves commençants, il faut qu'on ne leur offre que peu de sujets, surtout, que ceux qui sont agréables, à leur goût, frappants, faciles à retenir ; puis, qu'on les leur fasse lire, copier, et écrire sous la dictée. Ceux de ces sujets, à cet égard, qui leur conviennent le plus, sont des descriptions, des lettres et des narrations. Afin que ces dernières ne les ennuient point par leur multiplicité, il convient de les entremêler de petites conversations enfantines traitant de la théorie et de la pratique du style, de les présenter sous une forme historique.

Voilà, ce nous semble, le procédé qui, pour vite conduire les élèves commençants à composer avec satisfaction et succès, nous paraît le meilleur, le plus convenable. D'après cet exposé nous devons dire que cet ouvrage est tout à la fois un livre élémentaire de style et de lecture agréable ; ou qu'il ne contient que des sujets propres à instruire les enfants, à leur faire aimer l'instruction, à les moraliser et à leur montrer leurs devoirs. Et la lecture, à cet effet, qui les y conduit le plus vite et le plus sûrement, est celle de la correspondance ou du style épistolaire. Tous se plaisent à lire des lettres faites par eux, et leur en donner à lire, c'est les mettre à même de mieux les tourner, de comprendre le besoin de savoir les écrire et y répondre. Cette raison a été suffisante pour nous engager à leur offrir cet ouvrage comme livre élémentaire de style et comme livre de lecture agréable et instructive.

EXERCICES ÉLÉMENTAIRES

DE STYLE

Comment firent de petits écoliers d'une école libre de Paris pour s'exercer eux-mêmes dans le style.

Il n'y a encore que très-peu de temps, les écoliers d'une école libre de Paris comprirent le besoin de s'exercer eux-mêmes dans le style facile, ou de s'apprendre à exprimer leurs idées avec clarté, élégance et rapidité, ou à savoir un peu faire une description, une narration, une lettre, à y répondre.

Convaincus que cette étude était excellente, qu'elle leur serait de la plus grande utilité, ils se décidèrent à s'y livrer, à en tenter l'entreprise, quitte à y échouer. A cet effet, ils se réunirent tous, un jeudi, au moment de la récréation, dans un coin du jardin, pour mieux en parler à leur aise. Là, assis sur des bancs, et à l'ombre sous quelques vieux poiriers, ils convinrent entre eux qu'il fallait nécessairement qu'ils s'appliquassent de suite à exécuter leur plan d'instruction, et que le moyen qui leur paraissait être le plus propre, était celui qui consistait à composer, de temps en temps, toute espèce de sujets sur les tableaux noirs, à en corriger les fautes eux-mêmes, à faire tout cela pendant les moments de leurs récréations.

Ceci arrêté, ils ne perdirent point de temps, ils entrèrent tout de suite dans leur école pour se mettre à l'œuvre : mais avant de commencer il y en eut un qui demanda ce que c'était que le style, ce qu'ils devaient entendre par ce mot. A cette question, un nommé Philippe n'hésita pas, il se hâta de répondre :

« — On appelle style, l'art d'écrire ou la manière d'exprimer ses idées avec clarté, élégance et rapidité.

» Il y a plusieurs sortes de styles, qui sont : le style oratoire, le pathétique, le poétique, l'historique, le lyrique, etc. ; enfin, le style épistolaire. Et c'est ce dernier qui est le plus utile à tout le monde, dont on se sert le plus.

» Dans les divers genres de style, on distingue deux choses principales, indispensables : le sujet et le développement. Le premier consiste à s'occuper d'abord de l'étendue du discours que l'on veut écrire, à en poser les principaux points, la charpente ; le deuxième consiste à employer les expressions les plus propres à énoncer d'une manière convenable ses pensées.

» Tel est l'art de bien écrire dans tous les genres de style, c'est-à-dire de bien s'exprimer en écrivant. »

Tous approuvèrent ces définitions, ces règles générales concernant le style ; et, après les avoir approuvées, ils restèrent pensifs un instant, puis ils se demandèrent ce qu'ils allaient composer. « Moi, dit Pierre, je vais écrire une description. — Moi, continua Charles, je vais faire une lettre. — Eh bien, reprit Théophile, composons tous ce qui nous plaît le mieux, ce qui nous est le plus facile : lorsque nous aurons tous fini nos compositions, nous les lirons à haute voix, afin de voir laquelle nous paraîtra la plus jolie, ou lequel de nous aura le mieux composé. — Oui ! oui ! s'écrièrent-ils, agissons tous ainsi. »

Ces derniers mots achevés, ils passèrent vite aux tableaux noirs, où chacun d'eux se mit à composer du mieux qu'il put, le sujet qui lui vint à l'idée. Attendu que quelques-uns de ces sujets ne sont pas sans intérêt, ainsi qu'un certain nombre de ceux qu'ils composèrent dans le courant de l'année, nous allons les reproduire ici, pour qu'ils puissent servir de modèles aux enfants de huit à quinze ans qui pourraient en avoir besoin. Nous osons espérer qu'ils les liront avec assez de plaisir ; ils pourront aussi les copier sur le papier, même les écrire sous la dictée. Ce travail, qu'ils en soient bien sûrs, ne leur nuira pas, il leur sera plutôt très-utile, très-agréable.

Description, par Jules, d'un combat qui a eu lieu entre deux coqs.

Je viens de voir un combat terrible, sanglant, qui a eu lieu entre un petit coq et un gros. Pour s'attaquer, ils se sont d'abord arrêtés tout à coup, en se regardant d'un air courroucé, furieux; en grattant la terre, en la faisant voler autour d'eux; puis, ils se sont aussitôt élancés l'un sur l'autre avec la rapidité de l'éclair, et en battant des ailes, en se donnant de grands coups de bec et de grands coups de griffes. Le petit n'était pas le plus fort, mais il a été le plus leste, le plus adroit. Après avoir reculé un peu pour mieux prendre son élan, il a vite sauté sur le cou du gros, il lui a becqueté la tête, il l'a picoté à un œil, couvert de sang, mis hors de combat, et fait fuir honteusement. Dès qu'il s'est vu le vainqueur, il a secoué ses ailes couvertes de poussière, en courant vers ses petites poulettes, en chantant sa victoire, en leur faisant mille caresses.

Jules Dupré.

Paris, le 4 mai 1835.

Lettre de Simon Nicolet, écrite à son père pour lui demander de ses nouvelles, ainsi que de celles de sa mère.

Paris, le 4 mai 1855.

Mon cher papa,

Voici déjà près d'un mois que je n'ai pas eu de vos nouvelles, ni de celles de maman. Voyant que je n'en reçois point, je crains que vous ne soyez malades l'un et l'autre, et cette crainte me rend triste, me fait souffrir. Afin de me sortir de cette pénible inquiétude, veuillez, s'il vous plaît, m'écrire tout de suite, cher papa ; et me dire, si, depuis un mois, vous vous êtes toujours bien porté, ainsi que ma mère, si vous êtes bien portants actuellement tous deux.

Je finis, cher papa, en vous embrassant de tout mon cœur, de même que ma mère, et en vous souhaitant, à tous les deux, une bonne santé.

Votre fils respectueux, qui vous aime avec ardeur, et pense toujours à vous,

Simon NICOLET.

Description, par Eugène Rosier, d'un jardin où il y a de beaux fruits et de belles fleurs.

Hier matin, nous entrâmes dans un jardin qui

n'est pas bien grand et qui n'a pas de belles allées, mais qui a de beaux fruits et de belles fleurs, qui en a de toutes les sortes. En nous y promenant au milieu ou en le parcourant, nous admirions avec plaisir tous les arbres qui sont surchargés de pommes, de poires, de prunes, de pêches, d'abricots et d'amandes; ainsi que de petits carrés de toutes dimensions qui sont tout couverts de boutons de roses, de pavots, de violettes, de marguerites, de tulipes, de jalousies, etc. Parmi ces dernières, il y en a de toutes les couleurs, de toutes les nuances; on en voit de rouges, de bleues, de blanches, de jaunes, de grises, etc. Et c'est ce qui en fait le charme, la beauté.

Eugène ROSIER.

Paris, le 4 mai 1855.

Lettre de Henri Lavigne à sa mère, pour lui donner de ses nouvelles, ainsi qu'à son père et à son petit frère.

Paris, le 4 mai 1855.

Ma chère maman,

Si je vous écris plus tôt que d'ordinaire, c'est pour vous dire que j'ai été un peu malade la semaine dernière, que j'ai gardé le lit pendant deux ou trois jours. Mais, bien qu'ayant eu une fièvre assez forte, je ne souffre plus aujourd'hui;

je suis tout à fait guéri. Si je ne l'étais pas entièrement, je ne vous le cacherais point, je m'en
garderais bien ; vous pouvez l'assurer à mon papa
et à mon petit frère.

Je finis, chère maman, en vous embrassant de
tout mon cœur, ainsi que mon papa et mon petit
frère, et en vous souhaitant, à tous, une bonne
santé.

Votre fils soumis, et qui vous aime
bien, plus que lui-même,

Henri LAVIGNE.

Description, par Louis Vidal, du jardin du Luxembourg.

Le jardin du Luxembourg est moins grand, à
beaucoup près, que celui des Plantes et des Tuileries ; mais il est plus élevé, plus gai, plus poétique. Sa partie principale, la plus remarquable,
est un vaste parterre en forme circulaire, entouré
d'une superbe balustrade en pierre, qui est assise
sur un talus de cinq ou six mètres de largeur,
ornée de beaux vases à fleurs, et derrière laquelle
sont placées, sous des arbres, et à peu de distance
les unes des autres, de jolies statues en marbre
représentant les grandes reines de France, et ses
deux guerrières, Jeanne d'Arc et Jeanne Hachette.
Au milieu, est un large bassin qui a un petit jet
d'eau, et toutes sortes de poissons : dans ses

flancs, ou sur ses côtés, sont des carrés de prairies et de fleurs. Tel est le principal coup d'œil de ce charmant parterre, qui est borné, au nord, par le palais du Sénat; au sud, par une longue avenue qui va près de l'Observatoire, et lui fait face; à l'est et à l'ouest, par deux jolis bois de marronniers et de tilleuls qui l'ombragent.

Louis VIDAL.

Paris, le 4 mai 1855.

Lettre de Jean, écrite à son père, pour lui apprendre qu'il a reçu l'argent qu'il lui a envoyé pour acheter des fournitures d'école, et l'en remercier.

Paris, le 4 mai 1855.

Mon cher papa,

Je viens de recevoir l'argent que vous avez eu la bonté de m'envoyer pour acheter des fournitures d'école, et je vous en remercie, car je n'avais presque plus rien de tout ce qui m'était nécessaire. J'étais surtout à court de livres, de papier, de plumes et de crayons. Vous m'avez fait passer un peu plus d'argent qu'il ne m'en fallait, mais je vous assure que je ne le dépenserai pas mal à propos, loin de là. Toutes mes fournitures payées, il me restera encore dix francs cinquante centimes; ce serait assez pour me procurer, de temps en temps, quelques petites friandises; mais je n'en ferai rien, je m'en garderai bien. En cela, je ne suivrai pas l'exemple de beaucoup de mes camarades.

Je termine, cher papa, en vous embrassant de tout mon cœur, de même que maman et mes sœurs, et en vous souhaitant, à tous, une bonne santé.

Votre fils reconnaissant, et qui vous aime
toujours comme lui-même,
Jean LÉCLUSE.

Description, par Martin, de l'hôtel des Invalides.

L'hôtel des Invalides est un des monuments les plus remarquables de Paris : il l'est d'abord par son dôme, qui s'élève jusqu'aux nues, qui a une riche architecture et une riche sculpture ; ensuite par ses longues et hautes ailes de bâtiments, qui ont de belles proportions, de nombreux pavillons chargés de magnifiques trophées ; puis par de grosses pièces de canon qui bordent toute la longueur du mur du grand jardin, ou de l'entrée principale. On tire ces derniers toutes les fois qu'il y a des fêtes ou des réjouissances publiques, ou des victoires remportées sur l'ennemi, puis à la rentrée des députés au palais du Corps législatif. Lorsqu'on les tire, ils font un tel bruit que tout Paris l'entend ; ce bruit ressemble à celui du tonnerre. Ainsi est cet hôtel, où sont tous les vieux soldats français qui sont blessés, ou en retraite. Il a été bâti au dix-septième siècle; c'est Louis XIV qui l'a fait élever. Ce palais, d'une grandeur immense, entouré de vastes places et de larges avenues, est, de tous ceux que Louis XIV a fait élever, celui qui honore le plus son règne, et rend le plus de services.

Martin BRUNET.

Paris, le 4 mai 1855.

Réponse de Léon Rocher à une lettre qu'il a reçue de sa mère.

Paris, le 4 mai 1855.

Ma chère mère,

Je viens de recevoir votre lettre à l'instant; je l'ai lue avec bien du plaisir, parce qu'elle m'apprend que vous jouissez d'une bonne santé, de même que mon papa, mes frères et mes sœurs. Ce qui ne me cause pas moins de satisfaction, c'est que vous devez venir me voir dimanche, et m'apporter un joli livre, ainsi que des poires, des pommes, des confitures et du raisin. Tout cela, ma chère maman, vous le savez, ne peut que me plaire, me contenter. Aussi, j'en suis bien satisfait, je ne peux pas l'être plus, surtout quand je pense que je pourrai vous voir dans trois jours, et me jeter dans vos bras, vous presser entre les miens.

Je suis, ma chère mère, en vous embrassant

de tout cœur, ainsi que mon papa, mes frères et mes sœurs, et en vous souhaitant, à tous, une bonne santé, votre fils chéri, et qui vous aime bien,

Léon Rocher.

Ces compositions achevées, chaque élève se hâta de corriger la sienne, ou de retrancher ou d'ajouter, dans chaque phrase, les mots qu'il y avait de trop, ou ceux qui y manquaient, afin d'en rendre la construction plus claire, plus élégante et plus courte. Ce second travail terminé, Simon porta un coup d'œil rapide sur tous les compositeurs et leur dit :

« Maintenant que toutes nos compositions sont faites et corrigées, que chacun de nous, comme nous en sommes convenus, lise la sienne à haute voix, pour que nous voyions lequel a le mieux travaillé. Quel est celui qui veut commencer ? — Moi ! s'écria Alphonse. — Eh bien ! reprit Simon, marche, commence ; nous sommes prêts à t'entendre. »

Fier de sa composition, qui était une lettre écrite à son père, Alphonse la lut avec beaucoup d'application, le mieux qu'il le put. — « Eh bien ! dit-il après l'avoir lue, comment la trouvez-vous ? — Mais, répondirent quelques-uns, pas trop mal ! pas trop mal ! »

Encouragés par cette approbation flatteuse,

naïve, tous se **mirent** à lire, chacun à leur tour, ce qu'ils avaient fait : lorsqu'ils eurent fini, le plus âgé, qui était le plus savant, leur dit :

« Pour bien nous exercer dans le style facile, il ne suffit pas de faire toutes sortes de compositions, de les corriger nous-mêmes ; car il faut encore, lorsque nous les avons faites, qu'on nous les corrige, qu'on nous en montre les fautes. Or, comme je suis un peu plus fort que vous autres dans cet art, trouvez-vous bon que je vous serve de maître? ou que je vous apprenne ce que je sais de plus que vous autres ? Accueillez-vous cette proposition? vous plaît-elle? — Oui! oui! répondirent-ils tous, elle nous plaît! elle nous plaît! Sois notre maître, sois notre maître. — Eh bien, poursuivit Valentin, puisque vous y consentez, asseyez-vous tous en face du grand tableau noir, où est la composition de Jules, qui n'est pas la mieux faite. Comme elle a beaucoup de fautes, je vous les ferai remarquer, et ceci vous servira. »

A l'instant même il leur montra, avec une complaisance extrême, toutes les fautes que contenait cette lettre : pour qu'ils les comprissent bien il effaça, dans toutes les phrases, tous les mots qu'il y avait de trop, et y ajouta tous ceux qui y manquaient. Par cette correction, il leur fit voir comment Jules aurait dû commencer et finir cette lettre : il en rendit le style aussi clair, aussi élégant et aussi court qu'il devait l'être. Et ceci les surprit tous, les étonna fortement. Dans cette surprise, ils se regardaient tous, ne savaient que se dire, tant leur admiration était grande.

« Tu es savant, dit Henri à Valentin ; à te voir corriger cette lettre comme tu viens de le faire, on ne te prendrait pas pour un élève, on croirait plutôt que tu es un professeur de style, et même très-habile. — Si, dans cet art, lui répondit Valentin, je suis un peu plus fort que vous autres, ce n'est pas à moi que je le dois ; c'est à mon père, qui m'y exerce de temps en temps pour son plaisir, d'abord ; puis pour m'instruire. Quant à vous autres, bien que vous ne soyez pas encore avancés en ce genre, vous pouvez le devenir assez en cinq ou six mois, vous le pouvez si vous le voulez ; car vous n'avez besoin, pour cela, que de suivre notre plan d'instruction, que de venir travailler ici aux heures de récréation ; non tous les jours, parce que ce serait trop souvent, mais seulement deux ou trois fois par semaine. Si vous êtes bien décidés à agir de la sorte, j'ose vous promettre que, d'ici à peu, vous serez tous assez forts en style facile ; vous le serez suffisamment pour pouvoir composer toute espèce de sujets, surtout pour tourner assez bien une lettre, pour y répondre. Et cette connaissance, vous devez le sentir, n'est pas peu de chose. Qu'en pensez-vous ? »

Tous lui répondirent qu'ils étaient de son avis, qu'ils appréciaient l'utilité de ses paroles, qu'il leur parlait plutôt en homme qu'en enfant.

« Si, continua-t-il, la plupart des grandes personnes de la ville et de la campagne n'ont pas du tout de style, si elles ne savent rien écrire de bien, pas même une lettre, ni y répondre, ce n'est point parce qu'elles n'en étaient pas capables, cela provient seulement de ce qu'on ne les y a point exercées étant jeunes, à l'école. Plus heureux qu'elles, vivant à une époque plus éclairée, ne marchons pas sur leurs traces, profitons de notre temps, instruisons-nous tant que nous le pouvons, tant que l'occasion nous est favorable. Pour peu que vous ayez d'esprit, vous devez voir, si vous êtes disposés à m'entendre, qu'il nous est plus avantageux de venir, de temps en temps, passer ici nos récréations à nous instruire nous-mêmes, que de les passer dans le jardin, que nous y éprouvons bien plus de plaisir. Outre cela, il y a encore autre chose qui est propre à nous encourager, dont je ne dois pas manquer de vous parler ; c'est que si nous réussissons dans notre entreprise, le bruit s'en répandra bientôt dans les écoles du voisinage, où l'on voudra nous imiter, faire comme nous autres. De là on le fera dans tout Paris, puis dans toute la France, peut-être même à l'étranger. Et ceci, vous devez le comprendre sans peine, sera honorable pour nous, puisque ce sera à nous que l'on en devra l'idée, le commencement. Ainsi, dès que nous sommes convenus de nous instruire nous-mêmes dans le style facile, de nous y exercer pendant nos heures de récréation, maintenant que c'est commencé ne reculons point, marchons jusqu'au bout, remplissons avec courage et persévérance une tâche qui pourra nous être très-utile, nous rendre de grands services, de même qu'à tous ceux qui suivront notre exemple. »

Ces dernières paroles portèrent la joie et la persuasion dans tous les cœurs : tous les écoliers là présents remercièrent Valentin de sa leçon de style et de ses conseils ; tous lui assurèrent qu'ils ne reculeraient point dans leur entreprise, qu'ils iraient jusqu'au bout.

Comment, à l'exemple des garçons, de petites filles d'une école libre de Paris, s'exercèrent aussi elles-mêmes dans le style facile.

Ainsi que le prédit Valentin, on sut bientôt, dans tout le voisinage du quartier, qu'il y avait une école primaire où les écoliers, aux heures de leurs récréations, s'exerçaient eux-mêmes dans le style facile, qu'ils faisaient de grands progrès dans ce genre d'instruction. Instruites de cette nouvelle, toutes les écoles de ce quartier se disposèrent à en suivre l'exemple, mais principalement une de filles , où elles n'étaient pas bien nombreuses , mais où elles avaient beaucoup de goût à s'instruire. La preuve, c'est que, comme les autres, elles n'employaient point le temps de leurs récréations à jouer, à s'amuser à toute espèce de jeux ; elles préféraient l'employer ou à lire, ou à coudre, ou à broder, ou à parler de choses utiles, bonnes à savoir. Un jour, qu'elles étaient ainsi occupées, et assises en cercle au milieu du jardin, l'une d'elles dit :

« A propos, vous savez la nouvelle qui court dans tout le voisinage. Vous avez sans doute entendu dire qu'il y a, près d'ici, une école privée où, aux heures de leurs récréations, les petits garçons s'instruisent eux-mêmes dans le style facile, où ils s'exercent habilement dans cet art ? — Oui, lui répondirent plusieurs à la fois, nous l'avons entendu dire, nous en avons connaissance ; et il paraît que cette manière de s'instruire est très-curieuse et très-profitable. — Si nous en faisions autant, poursuivit celle qui prit la parole ; si, au lieu d'employer nos récréations à coudre, à broder ou à lire, nous les employions à nous instruire nous-mêmes dans le style facile, à nous fortifier dans cet art, nous ne ferions peut-être pas trop mal, qu'en pensez-vous ? — Je pense, pour mon compte, dit une nommée Angèle, que tu as raison, que tu nous donnes là une excellente idée, qui ne peut que nous être très-utile. Si vous voulez toutes agir comme moi, nous allons tout de suite la mettre à exécution. Voyons, êtes-vous décidées? Allons-nous à la classe? — Oui! oui! s'écrièrent-elles toutes, allons-y! allons-y! »

Et toutes, à l'instant, coururent en foule dans l'école, ou elles se mirent à effacer ce qui était sur les tableaux noirs, pour y faire ce qu'elles se proposaient: mais presque toutes, quoique pleines du désir d'écrire, se regardaient, ne sachant que composer. Hélène, la plus savante et la plus âgée, s'en aperçut, et se hâta de les tirer d'embarras, en leur disant :

« Je vois votre embarras : comme vous n'en avez pas l'habitude, je vais vous donner quelques sujets à composer, vous en tracer le plan. Toi, Louise, écris une lettre à ta mère ; dis-lui, dans cette lettre, que tu as appris, par ton père, une bonne nouvelle : qu'il t'a assuré qu'il va te faire cadeau d'une jolie robe. Continue à lui dire que tu la mettras le jour de Pâques, que tu en feras hommage à Dieu. Prie-la ensuite de remercier la personne qui t'en aura fait cadeau, de lui en témoigner, pour toi, ta reconnaissance. — Toi, Julie, décris la position et la construction du château de Meudon : peins sa vue sur Paris et ses environs ; indique bien toutes ses beautés, tout ce qu'il y a de plus remarquable et de plus frappant pour le curieux et le connaisseur. — Quant à vous autres, qui êtes un peu plus savantes que Louise et Julie, écrivez ce que bon il vous plaira : si vous en avez besoin, que ce que je viens de dire vous serve de modèles pour sujets. »

Toutes furent enchantées de cette complaisance et de ces paroles, et se mirent à composer, selon leur goût ou leur adresse, des lettres ou des descriptions. Comme quelques-unes de ces compositions ne sont pas non plus sans intérêt, nous allons encore en reproduire ici un certain nombre, afin qu'elles puissent également servir de modèles aux petits garçons et aux petites filles qui pourraient en avoir besoin.

Lettre écrite par Louise Dauger à sa mère.

Paris, le 15 mai 1855.

Ma chère maman,

Je me hâte de vous écrire ce soir pour vous annoncer que je suis bien contente, que je viens d'apprendre une bonne nouvelle pour moi, qui me réjouit bien. C'est mon papa qui me l'a apprise ; il m'a assuré que ma tante Joséphine me fait une jolie robe blanche, que je l'aurai pour le jour de Pâques, que je pourrai la mettre ce jour-là. Oh ! que n'arrive-t-il vite, ce beau jour ! ce jour si désiré ! si attendu !... Que n'y suis-je déjà pour aller chanter, dans la demeure divine, la gloire de Dieu, et lui offrir, avec ma belle robe, des fleurs et des couronnes !

Voyez, s'il vous plaît, chère maman, et de ma part, ma tante Joséphine ; dites-lui que je la trouve bien bonne pour moi, que je vois avec beaucoup de plaisir qu'elle m'aime bien, que je suis bien reconnaissante de toutes ses bontés pour moi.

Adieu, chère et bonne maman ; je vous embrasse de tout mon cœur, de toute mon âme, et suis toujours comme d'habitude,

Votre petite fille chérie, bien sage, et toute à vous,

Louise DAUGER.

Description, par Julie Dantin, de l'itinéraire d'un voyage projeté en France.

Le mois prochain, je me mettrai en voyage avec mon père pour visiter une partie de la France. En partant, nous verrons d'abord les principales villes du centre, telles qu'Orléans, Tours, Poitiers, Angoulême, Limoges, Clermont, Moulins, Nevers et Bourges. Celles-ci vues, nous verrons ensuite celles des principaux ports de mer et de quelques frontières, telles que Toulon, Marseille, la Rochelle, Brest, le Havre, Dieppe, Boulogne, Calais, Dunkerque, Lille, Strasbourg, Colmar, Besançon et Lyon. Lorsque nous aurons vu tout cela, nous nous rendrons vite à Paris, où nous examinerons, pour le comparer avec tout ce que nous avons vu, tout ce qu'il y a de plus beau en France, même dans tout le monde. Là, alors, se terminera notre long et agréable voyage.

Julie DANTIN.

Paris, le 15 mai 1855.

Lettre de Victoria Bondy à Céline.

Paris, le 15 mai 1855.

Ma chère Céline,

Il m'est venu, ce matin, une idée qui me plaît, que j'aime ; je la crois excellente. Dans cette douce persuasion, je vais me permettre de te faire plusieurs questions utiles en t'écrivant ; je vais te prier de vouloir bien y répondre. Ces questions, les voici : Veuille me dire, si tu le sais, d'où proviennent les noms des sept jours de la semaine, puis ce que c'est qu'un nombre pair ou impair ; il me tarde de m'en assurer : si tu peux me le dire, tu me feras bien plaisir, je t'en saurai un gré infini.

Je te salue bien,

Victoria BONDY.

Description, par Élise Daguet, de la vue du château de Meudon.

Le château de Meudon n'est pas remarquable par sa construction, qui est très-simple ; mais il l'est beaucoup par sa situation, car il a l'avantage d'être assis sur une côte fort élevée, voisine de la Seine, et d'où l'on découvre, au nord-est, toute la ville de Paris, qui ressemble à une forêt de maisons, au milieu desquelles apparaissent dans le lointain une infinité de monuments de tout genre, de dômes, de tours, de clochers, de flèches, de pavillons, de temples, d'arcs de triomphe et de colonnes en bronze. Parmi tous ces beaux et riches monuments, on distingue surtout avec admiration le Panthéon, le Val-de-Grâce, l'Observatoire, Notre-Dame, la colonne de Juillet, celles de la barrière du Trône, les tours Saint-Lazare, les tours Saint-Sulpice, le dôme des Invalides, ceux du Louvre et des Tuileries avec leurs pavillons, le temple de la Madeleine, la colonne Vendôme, les flèches Sainte-Clotilde, le dôme de l'École-Militaire, le palais de l'Industrie, l'arc de triomphe de la barrière de l'Étoile, la tour Malakoff et la tour Saint-Jacques. Tout cela est si grandiose, si admirable, que la vue ne peut s'en détacher, s'en rassasier. Il résulte. de ce coup d'œil, que si le château de Meudon n'est pas très-remarquable par sa construction essentiellement simple, il est ravissant par sa belle vue sur Paris et ses environs, il offre un des plus admirables points de vue des alentours de la capitale de la France.

Élise DAGUET.

Paris, le 15 mai 1855.

Réponse de Céline Duval à Victoria.

Paris, le 15 mai 1855.

Ma chère Victoria,

Selon tes désirs, je vais répondre aux deux questions instructives que tu me fais dans ta lettre d'hier. Je vais te dire, d'abord, que les noms des sept jours de la semaine proviennent tous des noms des astres les plus connus, ou les premiers découverts. Pour mieux expliquer ceci, je dois te dire que des mots Lune, Mars, Mercure, Jupiter, Vénus, Saturne et Dieu, on a fait : lundi, mardi, mercredi, jeudi, vendredi, samedi, et dimanche.

Voilà, ma chère amie, d'où proviennent les noms des sept jours de la semaine. Quant à ta seconde question, il n'est pas si difficile d'y répondre, car j'aurai seulement à te dire que les nombres pairs sont tous ceux qui peuvent être partagés en deux parties égales : comme deux, quatre, six, huit, dix, etc.; et que les nombres impairs sont tous ceux, au contraire, qui ne peuvent pas être partagés en deux parties égales ; comme trois, cinq, sept, neuf, onze, etc.

Si je ne me trompe, je pense que j'ai parfaitement répondu à tes deux questions ; ce serait difficile, ce me semble, d'y répondre d'une manière plus brève et plus claire.

Je te salue bien,

Céline Duval.

Narration imaginaire composée par Adèle Larose.

Dans un village riche, commerçant, et situé sur les bords de la mer Rouge, il y avait, jadis, trois groupes d'enfants qui offraient un contraste curieux, tel qu'on n'en a peut-être jamais vu de pareil, en aucun pays du monde. Parmi ceux du premier groupe, les uns étaient couchés, dormant sur l'herbe, d'autres jouaient à toutes sortes de jeux ; d'autres encore disputaient entre eux, se battaient. Il n'en était pas ainsi parmi ceux du second groupe, car tous étaient assis ou debout autour d'une grande table ronde. Là, d'un air sérieux, tranquille, pensif, on les voyait tous travailler à s'instruire, à étudier les arts et les sciences, ou à lire, à écrire, à compter, à dessiner, etc. Ceux du troisième groupe étaient inactifs, ils ne faisaient rien ; toutefois, dans leur inaction, ils avaient tous les yeux fixés sur les deux autres groupes, et paraissaient vouloir se mêler à l'un ou à l'autre, mais avec embarras, car ils ne savaient dans lequel des deux ils trouveraient le plus de plaisir, de bonheur. Comme ils étaient tous dans cet embarras, cette hésitation, il passa une jeune femme près d'eux, qui s'aperçut de leurs désirs, et leur dit aussitôt :

« Vous qui êtes jeunes, qui entrez dans la carrière de la vie, vous désirez, n'est-ce pas, ou jouer, ou vous instruire ? — Oui, madame ! s'écrièrent-ils tous ; nous le désirons, et fortement ; mais dans notre désir nous sommes fort embarrassés, car nous ne savons pas, dans notre intérêt, si nous devons aller avec les enfants qui dansent sur l'herbe, qui jouent, qui se querellent et se battent ; ou si nous devons aller avec ceux qui sont assis ou debout autour d'une grande table ronde, qui s'instruisent, qui étudient les arts et les sciences, ou qui lisent, écrivent, comptent, dessinent, etc.

» — Eh bien ! mes enfants, reprit-elle, puisque vous ne savez pas, à cet égard, ce que vous devez faire, ou que vous craignez de vous tromper à votre désavantage, veuillez m'écouter un peu ; je vais vous donner des avis qui vous seront profitables. — Parlez, madame ! parlez, répondirent-ils tous aussitôt, nous vous écoutons. » Alors cette femme se tourna d'abord du côté du premier groupe, et dit à ces enfants :

« N'allez pas avec les enfants de ce groupe-là, gardez-vous-en bien, parce que vous n'y trouveriez que le mauvais exemple, le vice, la misère et le déshonneur. »

Après leur avoir dit cela, elle se retourna du côté du second groupe, et dit à ces enfants :

« Allez plutôt avec ceux de ce groupe-ci, parce que vous y trouverez tous le bon exemple, la sagesse, la vertu, l'honneur, la richesse et le bonheur. »

Tous crurent à l'excellence de ses paroles et de ses conseils ; ils l'en remercièrent du mieux qu'ils le purent, et coururent aussitôt se mêler aux enfants du deuxième groupe.

Adèle LAROSE.

Paris, le 15 mai 1855.

Lettre de Marie Vilna à Pauline.

Paris, le 15 mai 1855.

Ma chère Pauline,

Tu le sais, tu dois t'en souvenir encore : lorsque j'entrai à l'école, je ne m'y plaisais pas, je m'y ennuyais, je n'y apprenais rien, je ne faisais aucun progrès en aucun genre. Il n'en est pas ainsi aujourd'hui, loin de là : je m'y plais bien, parce que j'y étudie la science. Je ne suis plus dans la dernière division de l'école ; je suis entrée dans la première division. J'ai beaucoup de goût à étudier la grammaire, l'histoire, l'arithmétique et la géographie ; je me plais aussi à coudre, à broder, à marquer le linge. J'aime beaucoup le travail, depuis que je commence à comprendre le besoin de l'instruction, à sentir que l'on ne peut être heureux sans elle, ni diriger ses affaires. Aussi, je fais maintenant tout mon possible pour acquérir bien vite une bonne provision de science, pour bien m'instruire dans tout ce qui me sera utile dans l'avenir de la vie.

Je t'engage fort, ma chère amie, à en faire autant, à acquérir du savoir le plus que tu pourras, à donner un bon exemple à toutes les petites filles de notre âge que tu connais. Quant à moi, c'est ce que je fais toutes les fois que j'en trouve l'occasion ; je leur dis : « Instruisez-vous, mes amies, instruisez-vous autant que possible sur la religion, la morale et l'histoire, car c'est la plus belle, la plus solide fortune que vous puissiez posséder, celle que l'on ne peut pas perdre, et qui aide à en acquérir quand on n'en a pas. » Répète-leur souvent ces paroles, ne recule point devant une telle recommandation.

Je désire te voir et t'embrasser plusieurs fois ; je t'écris cette lettre pour t'annoncer que lorsque j'irai chez toi, je te porterai des pommes, des poires, des figues, des pêches et des amandes qui, venant du midi de la France, sont d'une excellente qualité.

Adieu, ma chère et bonne Pauline ; crois que je suis, avec le plus vif désir de t'embrasser cordialement,

Ton amie dévouée,
Marie VILNA.

Ces compositions achevées, corrigées et lues, toutes les élèves passèrent à un grand tableau noir, où Léonie, la plus âgée et la plus savante, corrigea ce qu'avait fait la plus jeune, où il y avait beaucoup de fautes, et où elle les fit toutes remarquer par quelques explications courtes et claires, puis en effaçant, dans chaque phrase, tous les mots surabondants, en y mettant ceux qui y manquaient pour la clarté, l'élégance et la brièveté. Elle ne fit pas que ces corrections et ces explications, elle parla aussi de l'avantage que l'on trouve à s'instruire de la sorte, ou du plaisir que l'on éprouve à savoir faire une lettre à ses parents, à ses amis, à y répondre. Tout ce qu'elle dit à cet égard plut tellement à ses camarades, que toutes promirent bien de continuer cette manière de s'instruire, plutôt que de rester à jouer ou à travailler dans le jardin.

Conversation enfantine entre de petits garçons d'une école libre de Paris concernant l'art ou les règles du style.

Les élèves de M. Rosier aimaient à s'exercer dans le style facile; ce travail leur plaisait; mais bien qu'il n'y eût encore qu'une huitaine de jours qu'ils s'y livraient, ils commençaient déjà à rencontrer des difficultés qu'ils n'avaient pas prévues : étonnés de ceci, ils s'en plaignirent à Valentin, qui était comme leur maître, qui corrigeait leurs fautes; ils lui demandèrent d'où provenaient ces obstacles dans leurs compositions. « Ah! leur répondit-il, si vous éprouvez ces difficultés, c'est parce que vous ne connaissez pas l'art du style, ou les règles : cet art ou ces règles contiennent trois principes fondamentaux, indispensables; ce sont : l'invention, la disposition et l'élocution.

» L'invention a pour objet de trouver un sujet quelconque, d'en faire le plan comme un architecte fait celui d'une maison, d'en voir de loin en loin, et dans toute son étendue, les idées principales et les idées secondaires qui s'y rattachent. La disposition consiste, elle, à disposer convenablement ces idées, à bien les mettre chacune à la place qu'elles doivent occuper; ou à construire, avec clarté, élégance et brièveté, les phrases dont elles doivent faire partie. Quant à l'élocution, c'est l'art de bien exprimer ce que l'on écrit, de bien faire les pauses après tous les mots où il doit y en avoir, ou de bien marquer la distinction des sens à l'aide des signes de la ponctuation, afin d'en rendre l'expression plus compréhensible et plus agréable. Tel est l'art de la composition : si on le connaît un peu on compose toujours avec succès, mais si on l'ignore on ne fait jamais rien de bien ni rien de bon. Ainsi, vous autres qui voulez avoir du style, qui vous y exercez, si vous tenez à y réussir, commencez d'abord par étudier cet art, ou sans quoi renoncez à l'idée d'écrire convenablement, parce que vous ne pourriez pas en venir à bout. »

Ce langage, auquel ils ne s'attendaient point, et qu'ils ne comprirent guère, parut les effrayer, les embarrasser ; mais quoique un peu abattus par les difficultés que l'on venait de leur signaler, ils ne se découragèrent pas ; ce qui le prouve, c'est que l'un d'eux dit à Valentin :

« Lorsque l'on sait un peu ce que tu viens de dire, ou que l'on connaît un peu l'art du style ou les règles, est-on capable ensuite de pouvoir écrire toute espèce de sujets, tels qu'une lettre, une description, une narration, un billet à ordre, un procès-verbal, un acte, une facture, etc.; enfin, tout ce que l'on désire, ce dont on a besoin ?

— Oui, reprit Valentin, on peut faire tout cela,

parce qu'on possède, pour en venir à bout, le principe général, et que ce principe est le même pour tous les genres de composition, quels qu'ils soient. Celui, assurément, qui sait bien faire une lettre peut aussi bien faire une description, comme celui qui sait faire une narration peut également faire un procès-verbal, un acte, un billet à ordre, une facture, etc. Mais, pour bien s'en tirer, il faut, je vous le répète, que l'on possède l'art du style ou les règles. Donc, si vous voulez savoir écrire avec clarté, élégance et rapidité, commencez d'abord par vous rendre compte de ce que c'est que l'invention, la disposition et l'élocution. »

Ces dernières paroles parurent relever le courage, d'abord abattu, de ses camarades ; une lueur d'espérance et de satisfaction sembla briller dans leur regard, et les excita à continuer la conversation.

« Je comprends, dit un petit rouge, nommé Martin, que, pour bien écrire, il est bon que l'on connaisse les règles que tu nous cites ; mais pour bien les appliquer, ces règles, ou pour bien s'en servir, y a-t-il un moyen ? en existe-t-il un ? Voilà ce que je désire savoir. — Oui, lui répondit Valentin, il en existe un ; il consiste, lorsqu'on a trouvé tout son sujet, à jeter, de loin en loin, dans sa mémoire, toutes les phrases que l'on veut construire, à n'y mettre que les mots nécessaires à leur construction, et à ne pas répéter, à peu de distance, les mêmes mots, encore moins les mêmes idées. Mais pour cela il importe que l'on comprenne bien ce que l'on pense, car toutes les fois qu'on le comprend ainsi, on trouve toujours les mots les plus propres à l'exprimer : c'est, du reste, ce qu'a dit avec raison un bon écrivain, qui s'y connaissait, Boileau :

> Ce que l'on conçoit bien s'énonce clairement;
> Et les mots pour le dire arrivent aisément.

Ainsi, si vous voulez avoir un bon style, agissez de la sorte, vous ne pourrez qu'obtenir d'excellents résultats. — Maintenant, poursuivit un petit châtain très-éveillé, en fait de sujets, quels sont ceux qui offrent le plus d'avantage? Sont-ce les lettres, les descriptions, les narrations, ou les actes, les procès-verbaux, les sous-seings, les factures, etc.? — Attendu, lui répondit Valentin; que tous ces sujets sont utiles, il s'ensuit que l'on doit travailler à tous, mais principalement aux lettres, aux descriptions et aux narrations, parce que ce sont les trois genres qui offrent le plus de richesses, ou qui occupent le plus la pensée. Comme peignant ce que l'on voit, une description est excellente, variée en idées; comme récitant ou racontant ce qui a été vu ou fait, une narration donne presque le même travail : elles valent donc autant l'une que l'autre. Dans une lettre, on exprime ce que l'on éprouve dans les choses ordinaires de la vie, ou on y répond : et il en résulte qu'il y a également beaucoup à dire dans cette troisième espèce de composition. Quant aux actes, aux procès-verbaux, aux sous-seings, aux billets à ordre, aux factures, etc., ce ne sont que des formules, c'est-à-dire que des ouvrages où la forme ne varie point, où elle est toujours la même pour chaque espèce : comme telles, ces dernières exigent peu de travail ; il suffit d'en avoir un modèle pour en venir à bout. Ce qui exige de l'esprit ou de l'art, ce sont donc, en réalité, les lettres, les descriptions et les narrations ; lorsqu'on sait bien faire celles-là, on peut bien faire tout le reste. Et si on veut y réussir, il convient d'en écrire beaucoup, puis de commencer d'abord par de petites ; quand on sait en faire de petites, on peut ensuite en faire de grandes.

Voilà, pour nous bien exercer dans le style facile, ce que l'on peut dire de mieux : l'avez-vous tous bien compris ? — Oui ! oui ! s'écrièrent-ils, tous ! tous ! — Eh bien ! poursuivit Valentin pour achever, puisque vous avez compris, continuons notre tâche, ne reculons point. »

Compositions élémentaires de style de petits garçons d'une école libre de Paris.

Aussitôt que Valentin eut dit à ses camarades

que, pour bien écrire, il fallait connaître, avant tout, les principes ou les règles du style, ils les étudièrent, ils y travaillèrent; pour parvenir à les comprendre, ils s'appliquèrent à construire d'abord quelques phrases, puis quelques petits sujets. De ces compositions simples, faciles, ils passèrent graduellement à de plus étendues, à de plus difficiles. Et, par ces petits exercices gradués, encourageants, ils furent bientôt capables de pouvoir écrire passablement une lettre, une description, une narration, etc. Afin que l'on n'en doute point, nous allons continuer à donner quelques-unes de leurs nouvelles compositions. Sans être encore élégantes, remarquables, on verra, néanmoins, qu'elles commencent à être un peu mieux que les premières.

Lettre de Léon Dantin à son père.

Paris, le 25 juin 1855.

Mon cher papa,

Quoique encore peu savant, j'essaye néanmoins aujourd'hui de vous écrire une petite lettre pour vous satisfaire. Je sais que je ne la ferai pas bien, tant s'en faut : mais, quelque mal faite qu'elle soit, vous la recevrez toujours avec plaisir et satisfaction. C'est, vous le prévoyez sans doute, ce qui m'encourage à vous l'envoyer. On

me dit qu'il existe des livres où il y en a des modèles de tout genre, ou avec lesquels on peut apprendre à en faire soi-même, sans le secours de
personne. Je ne serais pas fâché d'en avoir un
pour l'examiner et l'étudier. J'ose vous prier,
bon papa, de vouloir bien me l'acheter : j'espère
que vous ne me le refuserez pas.

Je suis, en l'attendant avec un vif désir, cher
papa, et en vous promettant de bien l'étudier, de
bien en profiter,

Votre petit fils tout à vous,
Léon Dantin.

Description, par Henri Valmont, d'une revue passée au
Champ de Mars.

Jeudi dernier, nous vîmes la grande revue qui
eut lieu au Champ de Mars : afin de bien la voir,
nous nous plaçâmes sur le milieu du talus, au
couchant. De là, nous vîmes arriver tous les régiments, qui prirent chacun leur position assignée
avec le plus grand ordre. Lorsqu'ils furent tous
bien disposés, bien alignés, dans tous les sens,
les uns du midi au nord, les autres du couchant
au levant, on entendit aussitôt les tambours et les
clairons qui annoncèrent l'arrivée de l'Empe-
reur. Il était escorté d'un brillant état-major d'officiers français et étrangers; il parcourut tous les

rangs à petits pas, il salua tous les officiers porte-drapeaux et porte-étendards qu'il abordait. La revue finie, il fit manœuvrer toutes les troupes, qui exécutèrent des manœuvres nouvelles, que l'on n'avait point encore vues, et qui sont, à ce que l'on dit, très-avantageuses pour l'attaque et la défense. Ce qui, dans ces manœuvres, était beau, admirable, c'était de voir les régiments de cavalerie qui couraient au galop les uns sur les autres, et se chargeaient vigoureusement. Alors, on voyait avec satisfaction les chevaux qui hennissaient de toutes leurs forces, qui semblaient désirer le combat, qui frappaient la terre du pied; puis les cuirasses et les casques qui brillaient au soleil, et étaient ombragés par de longues crinières flottant sur les épaules des cavaliers. Tout le public là présent ne pouvait assez admirer toutes ces belles troupes : chaque assistant se montrait fier d'être Français en contemplant l'admirable tenue et l'air martial de ces guerriers. On entendit bientôt retentir de toutes parts les applaudissements, les vivat les plus enthousiastes.

Henri VALMONT.

Paris ,le 25 juin 1855.

Lettre de Simon Gautier à son frère.

Paris, le 25 juin 1855.

Mon cher frère,

Ce matin, nous avons été visités, dans notre
école, par M. l'inspecteur des écoles primaires.
Dans sa visite, il nous a tous examinés attentivement; il nous a fait lire, écrire, compter, ainsi
que conjuguer des verbes sous toutes les formes.
Après nous avoir fait faire tout cela, il a trouvé
que j'étais le plus savant de ma division, que je
lui répondais le mieux sur les diverses questions
qu'il nous a adressées. « Je suis content de toi, mon
enfant, m'a-t-il dit, et d'un air satisfait; je vois
avec plaisir que tu travailles bien à tous tes devoirs, et que tu étudies bien toutes tes leçons,
que tu en profites. Si tu continues encore quelque temps à t'instruire ainsi, j'aurai soin de toi,
je te le promets; je te ferai récompenser de ton
travail par le conseil municipal de la commune. »
Tu dois penser, mon cher frère, combien ces paroles m'ont flatté, combien j'en suis fier et satisfait. Ne pouvant tout de suite en faire part à papa
et à maman, qui sont dans les champs, qui mois-
sonnent, va vite les trouver, porte-leur cette lettre de ma part, afin qu'ils connaissent mon bon-

heur avant que je les voie, que je leur en parle
moi-même.

Je suis, en comptant sur ta diligence à me
servir, mon cher Victor, et en te priant bien de
me rendre ce petit service,

Ton frère qui t'aime,
Simon GAUTIER.

Description, par Jean Duval, de la vue des Champs-Élysées.

Hier soir, en sortant de l'école, nous allâmes
nous promener aux Champs-Élysées pour voir les
belles choses qui y sont en ce moment. Il y en a
tant, que la vue s'y perd, que l'on ne peut
pas toutes les remarquer ; car ce ne sont, de
tous côtés, que des pavillons d'une riche architecture, des fontaines en bronze surmontées de
statues du même métal, des jardins ornés de
plantes, d'arbres, de fleurs, des jets d'eau qui
jaillissent par une quantité de jets, qui retom-
bent, en se courbant, dans de grands bassins, de
longues et larges avenues qui se croisent partout.
Enfin, une foule de monde et de voitures y cir-
cule dans tous les sens. A travers cette foule
énorme, pressée, on voit encore, de toutes parts,
des jeux de tout genre, des comédies d'enfants,
des concerts, des cafés chantants qui représentent
des théâtres en plein air, et où chantent et jouent

des jeunes gens et des jeunes filles, où on entend d'agréables musiques. Lorsque nous eûmes un peu regardé tout cela, nous examinâmes ensuite le palais de l'Industrie, qui est d'une grandeur immense, tout couvert en verre, et décoré, de distance en distance, soit sur ses toits, soit sous ses voûtes, de trophées, d'oriflammes et de drapeaux de toutes couleurs, flottant au gré du vent, et représentant toutes les nations de la terre qui y ont apporté toutes leurs industries, tout ce que l'homme peut produire de plus beau et de plus rare. Là, on voit encore tant de choses, tant d'objets de toutes sortes, que l'on ne sait où tourner la tête, où arrêter ses regards.

Jean Duval.

Paris, le 25 juin 1855.

Lettre de Jules Beaulieu à Théophile.

Paris, le 25 juin 1855.

Mon cher Théophile,

Voici enfin le premier jour de l'an, le jour où nous allons tous, selon l'usage, courir de porte en porte, pour souhaiter la bonne année à nos parents, à nos amis, à nos voisins ; ainsi que pour leur faire des présents et pour en recevoir d'eux. Ce jour, je te l'avoue, me plaît, m'enivre. Mais, au milieu de cette joie qu'il me procure, que je savoure d'avance depuis un mois ou deux, une idée remplit mon esprit de curiosité ; je ne puis m'en débarrasser. Je me demande pourquoi le premier jour de l'an arrive toujours à la même époque, à l'entrée de l'hiver, et dans le temps où les journées sont le plus courtes. Toi, cher Théophile, qui es un peu plus âgé que moi, et plus savant, je te prie, si tu le sais, de vouloir bien m'en expliquer la raison dans une lettre, je t'en serai bien obligé.

Je suis, en attendant ta réponse demain, et en te priant de ne pas manquer de m'écrire,

Ton ami sincère et tout dévoué,

Jules Beaulieu.

Réponse de Théophile Debout à Jules.

Paris, le 25 juin 1855.

Mon cher Jules,

Je suis bien aise de voir que tu as remarqué que le jour de l'an arrive toujours à la même époque, c'est-à-dire au commencement de l'hiver, dans le temps où les journées sont les plus courtes de l'année. Tu désires en connaître la raison ; je ne te laisserai pas longtemps dans l'embarras : veuille bien faire attention à ce que je vais t'expliquer à cet égard.

La terre tourne sur elle-même toutes les vingt-quatre heures, ce qui nous donne le jour et la nuit, puis autour du soleil une fois tous les ans, ce qui nous donne les quatre saisons. Lorsqu'elle a terminé ce dernier tour, qui dure trois cent soixante-cinq jours et six heures, elle en recommence un nouveau ; c'est de là que provient le jour de l'an ou de la nouvelle année. Alors, les jours ayant fini de décroître, ils commencent à augmenter de durée ou à rallonger.

Voilà, mon cher Jules, comment il se fait que nous avons tous les ans, en cette saison, une nouvelle année ou un premier jour de l'an. Ainsi, j'ai répondu à ta question, et je t'ai sorti d'embarras. Si tu as, de temps en temps, d'autres difficultés scientiques qui t'embarrassent, tu pourras me les adresser sans gêne : j'y répondrai toujours avec empressement, je m'en ferai même un grand plaisir et un devoir.

Je te salue bien, ton affectionné,

Théophile Debout.

Narration imaginaire composée par Jean Morin.

Un jour de printemps, et au mois de mai, un enfant de dix à douze ans se promenait seul, dans une jolie vallée étroite, mais longue, et où coulaient plusieurs ruisseaux aux eaux limpides, argentées, et ombragées de hauts peupliers, de tilleuls et d'aulnes. Dans sa marche, il prenait plaisir à contempler toutes ces beautés de la nature ; à porter ses regards étonnés de côté et d'autre. Plongé dans cette admiration naturelle à un enfant intelligent qui commence à penser, à juger, il aperçut tout à coup un vieillard en cheveux blancs, qui, les yeux attachés sur lui, était enchanté de son extase. « Eh bien, mon enfant, lui dit-il, d'un air de douceur et de bienveillance, vous admirez donc les beautés de la nature ! Vous venez donc les contempler ici, et tout seul ! — Oui, monsieur, lui répondit aussitôt l'enfant ; je les considère, je les admire à loisir. »

A peine eut-il achevé ces mots, que le vieillard parut frappé de son admiration, de sa grande attention à examiner tout ce qu'il voyait, et de son état extatique. « Je vois, mon jeune ami, reprit-il, que vous êtes pensif et appréciateur des belles choses : eh bien, puisqu'il en est ainsi, permettez-moi de vous parler un peu, de vous faire remarquer ce que vous ne jugeriez peut-être pas bien tout de suite par vous-même, parce que vous n'en comprendriez pas toutes les beautés ; du moins, il y a tout lieu de le craindre. »

Alors l'enfant ouvrit les yeux et les oreilles, en disant qu'il consentait à être instruit des choses qu'il ne connaissait pas, et le vieillard, charmé de cette réponse, commença ainsi à lui parler :

« Ces ruisseaux aux ondes limpides, argentées ; ces hauts peupliers, ces tilleuls et ces aulnes qui les ombragent ; ces prairies émaillées de toutes espèces de fleurs rouges, jaunes, blanches, bleues ; ces arbres fruitiers qui en sont chargés ; ces milliers d'oiseaux qui voltigent de toutes parts, et font partout entendre leur chant, leur douce mélodie ; tout cela est beau, n'est-ce pas ? Tout cela est admirable, ravissant ! Mais ce qui l'est encore plus, et ce à quoi vous ne pensez sans doute pas, c'est que toutes ces merveilles n'existent point par elles-mêmes, c'est qu'elles doivent leur existence à un être invisible et infini qui les créa à profusion, et en remplit toute la terre pour charmer l'existence de l'homme.

» Voilà, oui, mon cher fils ; ce que vous ne saviez sans doute pas, et ce que j'ai dû vous dire ; voilà, pour vous ouvrir l'intelligence, ce qu'il importe fort que vous sachiez, parce que c'est pour votre bien, votre bonheur, de la plus haute, de la plus grande importance. Ainsi, toutes les fois que vous verrez, en quelque lieu que ce soit, de belles choses qui frapperont vos regards, étudiez-les avec soin, contemplez-en bien la forme, la structure, la couleur, la grâce, la variété ; mais quand vous les aurez bien admirées, bien contemplées de la sorte, ne manquez pas de penser qu'elles n'existent point par elles-mêmes, que toutes doivent leur existence à un être invisible et infini, que l'on nomme Dieu, et qui a pu et bien voulu les créer. »

L'enfant fut très-satisfait de ces paroles ; il parut les comprendre, et remercia beaucoup le vieillard de les lui avoir dites : il l'assura même qu'il ferait tout son possible pour en profiter, qu'il ne manquerait pas de suivre d'aussi bons conseils dans la contemplation des beautés et des richesses de la nature.

Jean MORIN.

Paris, le 25 juin 1855.

Conversation enfantine entre de petites filles d'une école libre de Paris, concernant l'utilité du style.

Quelques-unes des petites filles dont nous parlons, avaient ou des frères, ou des cousins, ou des voisins qui allaient à l'école de M. Rosier ; c'était assez pour qu'elles eussent connaissance de ce qu'ils composaient tous les deux ou trois jours : elles surent de suite, par conséquent, qu'ils venaient de parler des règles du style, de les expliquer : et ceci leur fit naître l'idée de dire aussi, à leur tour, quelque chose de ce genre. Voici comment l'une d'elles s'y prit :

« Vous savez, dit-elle, que les élèves de M. Rosier viennent de parler des règles ou des principes du style et de les expliquer ; ce qu'ils en ont dit est bien dit, on ne pourrait peut-être guère dire mieux. Comme dans cette étude nous suivons leur exemple, ne restons point en arrière d'eux, parlons aussi de quelque chose de remarquable concernant l'instruction élémentaire. Or, trouvez bon, à cet égard, que je vous demande ce qui, selon vous, est le plus propre à nous développer l'intelligence et à nous former le jugement. Voilà, ce me semble, une question fort intéressante, que l'on n'a pas encore faite aux enfants, même aux grandes personnes. Voyons quelle est, parmi vous toutes, celle qui peut y répondre ? »

À ces mots, toutes se regardèrent à plusieurs reprises, et n'osèrent ouvrir la bouche, ne sachant que répondre ; néanmoins, après un peu d'hésitation, une brune aux yeux vifs et pensifs se hâta de dire :

« Ce qui, selon moi, est le plus propre à nous développer l'intelligence et à nous former le jugement, c'est ce que nous faisons maintenant, c'est la composition : je dis que c'est elle, attendu que, pour composer, il faut d'abord que l'on trouve des idées, qu'on les dispose avec ordre, clarté ; puis que l'on examine, lorsqu'on les a trouvées, disposées avec ordre et clarté, si elles sont bien ou mal. Or, trouver d'abord des idées, les disposer avec ordre et clarté, c'est développer l'intelligence ; puis examiner, lorsqu'on les a trouvées et disposées avec ordre et clarté, si elles sont bien ou mal, c'est former le jugement. Donc, soit pour nous développer l'intelligence, soit pour nous former le jugement, la composition est tout ce qu'il y a de meilleur. A cet effet, n'êtes-vous pas toutes de mon avis? — Si! si! répondirent-elles. Toutes! toutes! »

La composition, poursuivit Hélène, qui venait de parler; n'est pas seulement propre à nous développer l'intelligence et à nous former le jugement, elle nous est encore très-utile pour faire tout ce qui nous est nécessaire, surtout les lettres : tout le monde a besoin, de temps en temps, d'en écrire à ses parents, à ses amis, ou à d'autres personnes, et d'y répondre ; mais, pour bien s'en tirer, il faut en être capable. Or, on ne peut l'être sans le secours du style ; donc ce dernier est utile, et même indispensable. Ceci doit nous faire comprendre alors que nous faisons bien de nous en occuper aux heures de nos récréations, qu'il vaut beaucoup mieux que nous employions ce temps à ce travail que de l'employer à autre chose. Est-il vrai ? — Oui ! oui ! s'écrièrent toutes les voix, c'est vrai ! c'est vrai !

— Eh bien ! poursuivit de nouveau Hélène, et pour achever , puisque vous avouez que cette étude nous est très-utile, continuons-la, livrons-nous-y avec goût et courage ; faisons, tous les deux ou trois jours, quelques compositions de tout genre ; faisons-en jusqu'à ce que nous y soyons assez habiles. »

Toutes se montrèrent satisfaites de cette petite conversation entre elles, et résolurent, en commençant leur classe du soir, de continuer avec ardeur, pendant leurs récréations, leurs exercices de style facile.

Compositions élémentaires de style de petites filles d'une école libre de Paris.

Contentes de leurs idées, pleines du désir de s'exercer elles-mêmes dans l'art difficile d'écrire, les élèves de Mme Fontange eurent à peine arrêté, dans leur conversation sur l'utilité du style, d'en continuer l'exercice, de s'y perfectionner entre elles aux heures de leurs récréations, qu'elles s'appliquèrent, chacune, à composer toute sorte de petits sujets ; mais principalement des lettres, des descriptions et des narrations. Comme, dans ces nouvelles compositions, il y en a d'assez bonnes, ou d'un peu meilleures que leurs premières, qui peuvent même égaler celles des élèves de M. Rosier , nous allons aussi en reproduire quelques-unes ici pour servir de modèles aux enfants qui pourraient en avoir besoin.

Lettre d'Hortense Talma à Julie.

Paris, le 7 juillet 1855.

Ma chère Julie,

A force de te voir écrire, au tableau noir, toute espèce de sujets pour nous servir de modèles, et d'en écrire moi-même, je suis pourtant parvenue à pouvoir en faire seule, sans le secours de qui que ce soit; mais je t'avoue que ce n'a pas été sans peine, sans m'y être appliquée beaucoup. Dans la persuasion où je suis que je commence à m'y entendre un peu, j'ai écrit plusieurs lettres à mon père et à ma mère; ils les ont trouvées assez bien, du moins à ce qu'ils m'ont dit ; ils ont même fait plus, car ils m'en ont fait des éloges. Mais au milieu de ma joie extrême, de mon bonheur, j'ai pensé que c'est toi qui m'as mise en état de pouvoir écrire d'une manière convenable, compréhensible. Si tu ne m'y avais pas exercée, si tu ne m'avais pas corrigé mes fautes de temps à autre, je ne serais certainement pas capable aujourd'hui de t'écrire ce peu de lignes. Oui, crois-moi, je sens vivement le service que tu m'as rendu, et je me hâte de te le dire, comme pour m'acquitter d'un véritable devoir. Au nom de cette reconnaissance naturelle que je te peins,

3

que je te dois légitimement, je te serai obligée de vouloir bien me répondre, ou de me dire si cette petite lettre est convenable, puis, si tu penses que je pourrai bientôt acquérir un style clair, simple, précis et facile.

En attendant ta réponse, veuille croire à l'amitié et à la reconnaissance avec lesquelles je suis, chère Julie,

Ton amie très–attachée et dévouée,

Hortense TALMA.

Description, par Angèle Morin, de la vue du château de Saint-Cloud.

Comme habitation de campagne, le château de Saint-Cloud est la résidence favorite des rois et des empereurs de France; situé à une petite lieue de Paris, au couchant, sur le sommet d'une côte assez élevée, qui s'étend du midi au nord-ouest, et au bas de laquelle coule la Seine, ce château est, sous bien des rapports, le plus agréable que l'on puisse voir. Plus beau et plus élégant, par son architecture, que celui de Meudon, dont il est presque voisin, il est aussi bien plus poétique ; on peut même dire qu'il l'est tout à fait. Ce qui le rend ainsi, c'est qu'il est entouré, au midi et au couchant, d'un parc couvert de hauts arbres, qui l'ombragent, et sous lesquels se prolongent et s'entrecoupent dans tous les sens, une infinité de longues et larges avenues droites ou tortueuses. La partie formant le haut de la côte, ou le bas du parc, soit par ses fontaines qui coulent de distance en distance, soit par ses petits bassins où elles se perdent, est, en vérité, ravissante, admirable ; mais elle n'est pas, pour cela, la plus agréable, car c'est celle qui, à partir de ce point, s'étend, en pente douce, jusqu'au bas de la côte, où se trouve la prairie bordant le fleuve qui l'arrose. Cette seconde partie, qui, comme la première, est aussi ombragée de hauts arbres tapissés de lierre, principalement de hêtres, et pleine de broussailles et de sentiers tortueux qui courent à travers, est réellement séduisante, poétique. Ce qui finit de la rendre telle, c'est une longue et large cascade qui se prolonge du haut en bas, et qui est ornée d'une foule de statues de dieux, de déesses, et d'animaux aquatiques. Lorsque l'on est placé au sommet de cette cascade qui fait face au château, et que ses eaux vont, qu'elles sortent du corps de toutes les statues de personnes ou d'animaux qui l'ornent, qu'elles se précipitent impétueusement de marche en marche, de bassins en bassins, on éprouve une telle satisfaction, un tel plaisir, que l'on ne peut s'en rassasier. La dernière admiration que ressent, ici, l'appréciateur curieux, est la vue sur la Seine qui promène ses eaux calmes et limpides, sur les côtes qui la bordent ; sur les châteaux et les forts qui les couvrent ; puis sur le magnifique bois de Boulogne, qui est en face, au levant.

Angèle Morin.

Paris, le 11 juillet 1855.

<hr>

Réponse de Julie Sabin à Hortense.

Paris, le 14 juillet 1855.

Ma bonne Hortense,

J'ai lu ta lettre avec bien du plaisir, parce qu'elle me prouve que tu l'as faite avec goût, que tu t'y es bien appliquée. C'était tout ce qu'il fallait pour y réussir, autant que possible. Tu désires savoir ce que j'en pense, je vais te le dire. Elle n'est pas encore ce qu'elle devrait être, tu aurais pu faire mieux : mais enfin, telle qu'elle est, elle est passable ; il y a même beaucoup de petites filles de ton âge qui n'en feraient pas autant. Continue à bien t'y appliquer, à bien profiter de toutes les leçons de style facile que je te donne au tableau noir et sur le papier. Si tu remarques bien comment je m'y prends pour te dicter des modèles et corriger tes compositions, tu pourrais parvenir, sans trop de temps, à t'exprimer assez bien en écrivant, à être comprise et appréciée des lecteurs. Quant à espérer, par exemple, que tu pourras bientôt acquérir un style clair, simple, facile, précis et élégant, ne t'y trompe pas, cela est tout à fait impossible, parce que ce n'est qu'à force d'application et d'exercice que l'on peut devenir habile dans l'art d'écrire. Pour l'instant, je ne t'en dis pas davantage concernant cet art ; je remets la partie à une autre fois.

Adieu, petite et bonne Hortense ; travaille avec goût et courage ; et compte toujours sur mon dévouement à t'instruire, à te servir en tout ce que je pourrai.

Ton amie qui t'aime comme elle-même, et toute à toi,

Julie SABIN.

Description, par Élise Visconti, de la vue du phare de Port-Vendre.

Au midi de la France, et tout à fait au pied des Pyrénées, est un petit port de mer entouré de côtes de toutes parts : ce port est la ville de Port-Vendre. Cette ville, assurément, qui est toute petite, toute resserrée, n'est pas curieuse, remarquable, il s'en faut. Mais si elle ne l'est pas par elle-même, elle l'est beaucoup par son phare. Ce dernier, qui en est à peu près à une lieue, au sud-est, est situé sur le sommet d'un pic de huit à neuf cents mètres de hauteur, et d'où l'on voit, au couchant et au sud, les hautes et longues chaînes de montagnes des Pyrénées, qui séparent la France de l'Espagne. Ce coup d'œil, en offrant, auprès et au loin, une infinité de pics couverts de neige ou de verdure, est, à coup sûr, frappant, imposant, admirable; mais bien qu'ainsi, il ne l'est néanmoins pas autant que celui qui a lieu sur la mer Méditerranée, qui dort au pied de l'observateur, et d'où l'on domine, à la simple vue, au nord, au levant et au midi, à une distance de quinze à vingt lieues. Quand, par une belle matinée de printemps ou d'été, on se trouve là au lever du soleil, au moment où l'astre semble sortir de l'onde orientale, et prolonge ses rayons dorés dans les flots argentés des mers ; on se sent comme frappé d'extase, on ne peut soutenir la vue d'un spectacle aussi agréable, aussi ravissant ! Là, ce ne sont point, comme à Paris et ailleurs, des œuvres fragiles, mesquines et sorties des mains de l'homme, que l'on voit; ce sont plutôt des œuvres éternelles, grandioses, sorties des mains toutes-puissantes du Créateur, de l'Architecte de l'univers : et ces belles et immortelles œuvres, qu'on le sache, n'ont rien de comparable !

Bien différente du fier Océan, l'admirable mer dont je peins le point de vue, n'a pas de flux ni de reflux ; pour mieux dire, elle n'abandonne point, toutes les douze heures, ses rivages, en se reculant par bonds; elle ne les recouvre point en s'avançant de même ; loin d'agir de la sorte, ou d'offrir une vaste plaine tantôt couverte de sable, et tantôt couverte d'un liquide toujours agité , elle reste continuellement dans le même état, elle présente toujours un miroir calme et uni, peu souvent agité. Et c'est ce qui en produit la beauté, le charme, ou tout le plaisir que l'on éprouve à la voir, à la contempler.

Elise VISCONTI.

Paris, le 17 juillet 1855.

Lettre d'Héloïse Valadon à sa sœur.

Paris, le 20 juillet 1855.

Ma chère sœur,

Je ne joue plus avec toi ; nous ne nous promenons plus dans les champs et dans notre jardin : tout à l'heure, loin de notre belle et paisible campagne, je suis dans la grande ville, à Paris. Là, dans une école, et renfermée toute une journée, il faut que j'oublie les jeux et les promenades, que je m'instruise, ou que j'acquière, tant que je suis jeune, toutes les connaissances qui me sont nécessaires. Je ne les possède pas encore, puisque je ne fais que commencer ; mais comme je vois qu'elles me sont utiles, même indispensables, je travaille avec force pour les acquérir le plus promptement possible, **afin de vite** retourner auprès de toi, de t'aider à seconder papa et maman dans leurs occupations. En attendant cette époque désirée, continue, ma bonne sœur, à m'écrire de temps en temps, à me donner des nouvelles de toutes mes petites compagnes, principalement de Louise et de Caroline ; tu sais que je les aime bien, c'est pourquoi je te prie de me parler d'elles d'une manière toute particulière. Bien que tout nouvellement dans une école de Paris, je ne m'ennuie point ; j'ai déjà fait quelques amies avec lesquelles je suis très-liée, et c'est ce qui fait, je pense, que je ne m'ennuie pas. Ayant beaucoup de travail, tu trouveras bon que je ne t'en dise pas davantage aujourd'hui ; dans ma prochaine lettre je m'étendrai un peu plus, je parlerai avec plus de goût et de détail. Assure bien, de ma part, à papa et à maman que je ne les oublie pas un instant, que je pense toujours à eux, que je prie toujours Dieu pour eux et toi tous les soirs et tous les matins.

Adieu, ma chère Marie ; je t'embrasse de tout mon cœur, ainsi que papa et maman ; et suis toujours, comme tu dois le croire, ta sœur très-attachée, qui t'aime autant qu'elle-même.

Héloïse VALADON.

---

*Narration imaginaire par Pauline Catinat, concernan
l'ignorance et l'instruction.*

Je ne savais pas encore, moi, que l'ignorance est la source intarissable de tous les maux, et l'instruction celle de tous les biens; ce n'est que depuis peu que je le sais, et voici comment.

Hier, en me promenant au jardin du Luxembourg, je vis un homme qui était entouré d'une foule curieuse, qui paraissait se disposer à l'entendre parler. Là, assis sur un banc en bois, et d'un air doux, spirituel, il porta gracieusement les yeux sur tous ceux qui l'entouraient, et dit :

« J'ai beaucoup voyagé, et vu bien des pays, et dans tous ceux où j'ai passé, j'ai toujours remarqué que l'ignorance est la mère de tous les maux, et l'instruction celle de tous les biens. Ce qui, après toutes mes remarques générales, a fini de m'en convaincre, c'est un petit festin auquel j'assistai dernièrement, et où il y avait deux tables entièrement garnies, l'une d'ignorants, et l'autre de personnes instruites. A la première de ces tables tout le monde se contrariait, murmurait, nul ne paraissait content, chacun souffrait et faisait souffrir les autres : on ne voyait que des visages de mauvaise humeur, on n'entendait que des paroles grossières, impolies, immorales, ou-

3.

trageantes. Et tout ceci réuni produisait le plus mauvais des effets, ou produisait le tableau le plus pénible, le plus déchirant. Et ce tableau était le résultat de l'ignorance, car toutes les personnes qui le formaient n'avaient aucune instruction ; de là provenait leur discorde entre elles, ou toutes leurs fautes et leurs souffrances réciproques. Il n'en était pas ainsi à la seconde table, il s'en fallait ; à celle-ci, tous les assistants paraissaient joyeux, satisfaits, heureux : et cette joie, cette satisfaction, ce bonheur que l'on remarquait en eux, provenait de la politesse, de la douceur, de la bienveillance, de la prévenance qu'ils avaient les uns pour les autres. Or je vis, sans peine, que tout ce que m'offrait ce second tableau était dû à l'instruction ; car tous ceux qui le composaient étaient instruits, ou connaissaient leurs devoirs, et se plaisaient et aimaient à les remplir. Après un dernier coup d'œil sur ces deux tables, et sur tout ce que j'avais vu ailleurs de pareil, j'en conclus, comme je viens de le dire, que l'ignorance est la source intarissable de tous les maux, et l'instruction celle de tous les biens. »

Aussitôt que ce philosophe eut parlé de la sorte, il porta un regard rapide sur tous ceux qui l'écoutaient, afin de s'assurer, par là, de l'effet produit par sa leçon. Ils en parurent tous surpris et enchantés ; moi-même, je l'avoue, j'en fus forte-

ment frappée; je le fus tellement que je n'oublierai jamais ces belles et utiles paroles; ou que je
ferai toujours ce que je pourrai pour fuir l'ignorance, source de tous les maux, et pour acquérir
le plus d'instruction possible, source de tous les
biens.

Pauline CATINAT.

Paris, le 25 juillet 1855.

Lettre de Rosalie Noyer à sa cousine Louise.

Paris, le 29 juillet 1855.

Ma chère cousine,

Je suis bien sensible à ton bon souvenir, je
vois avec plaisir que tu ne m'oublies point, que
l'éloignement où nous sommes l'une de l'autre
ne t'empêche pas de penser encore à moi. De
mon côté, je suis de même à ton égard, je ne t'oublie pas non plus; je pense aussi à toi tous les
jours, je me rappelle aussi tous les jours nos jeux
enfantins, nos conversations enfantines; surtout,
nos promenades et nos travaux des dernières va-
cances. Hélas! ce temps de bonheur n'est déjà
plus! il est déjà loin de nous! Comme il passe
vite, ce temps!... Heureusement, il va bientôt re-
venir, car voici que mon instruction s'avance,
que je ne tarderai pas à retourner auprès de toi
et de mes parents. Cette fois, ma chère Louise,

je n'en partirai plus pour retourner à l'école, j'y
resterai, j'y apprendrai à travailler à tes côtés, à
faire ce que tu fais, à profiter de tes avis en cou-
ture et en broderie. Et ceci, tu le sais d'avance,
fera tout mon bonheur, toute ma joie. Ce qui ne
me sera pas moins agréable, pas moins doux, ce
sera le bon air que l'on respire à la campagne, la
bonne nourriture que l'on y prend ; enfin, tout
ce qui est plus pur, plus salutaire que dans les
grandes villes, qu'à Paris, par exemple. Oh! que
ne vient-il vite, ce beau et doux moment! que
n'y suis-je déjà!...

Adieu, ma chère et bonne cousine, donne de
mes nouvelles à tes parents et aux miens; et crois
que je suis toujours ta cousine sincère et dévouée,

Rosalie Noyer.

------

*Conversation enfantine entre de petits garçons d'une école libre
de Paris, concernant l'utilité d'ouvrir, entre eux, une correspondance instructive et suivie.*

Il n'y avait guère que cinq ou six mois que les
élèves de M. Rosier s'exerçaient, eux-mêmes, aux
heures de leurs récréations, dans le style
facile; mais bien qu'il n'y eût que ce peu de
temps, ils commençaient néanmoins déjà à être
assez forts dans cet art, car ils construisaient passablement toutes sortes de phrases, de petits dis-

cours faciles; pour mieux dire, ils faisaient assez bien une lettre, une description, une narration, un acte, une facture, etc. Valentin, qui était comme leur maître, s'en aperçut : persuadé qu'ils étaient assez habitués au style pour s'exprimer d'une manière convenable en tout genre, il pensa que c'était inutile de leur faire continuer des compositions, qu'il serait plus avantageux de s'appliquer à autre chose; il le leur proposa.

« Voici, leur dit-il un jour à cet effet, que nous commençons à écrire pas trop mal, ou que nous tournons assez bien toutes sortes de phrases, de petits discours faciles, ou, si vous voulez, une lettre, une description, une narration, un billet à ordre, etc. Maintenant que nous sommes parvenus, à force de travail, à ce degré de force en style, il faut, si vous voulez m'en croire, que nous cessions, dès aujourd'hui, de nous exercer dans ce genre; il vaut bien mieux, ce me semble, que nous ouvrions une correspondance entre nous, ou que nous nous écrivions, de temps en temps, sur le tableau et sur le papier, que nous nous répondions. Cette proposition, qui me paraît bonne, utile, vous plaît-elle? qu'en pensez-vous? — Oui! oui! lui répondirent-ils tous, elle nous plaît! elle nous plaît! — Dans cette correspondance que je vous propose, continua Valentin, nous ne devrons plus guère nous occuper du style, puisque voici que nous le possédons presque assez, nous devrons seulement nous occuper des idées. J'entends, par là, qu'il faudra que nous nous parlions de choses sérieuses, instructives, ou concernant les états, le travail, les arts, les sciences, la morale, la religion, etc. Vous me direz, sans doute, que, pour faire tout ceci, il faut que nous en soyons capables ; j'en conviens : mais quoique jeunes, encore enfants, nous en avons déjà quelques idées, nous en avons déjà entendu parler à nos parents, à nos maîtres ; et c'est suffisant pour que nous puissions nous en tirer un peu. Il y a, du reste, si vous voulez y réussir, un moyen qui est très-propre, presque infaillible ; il consiste à cesser d'être distrait, de jouer ; ou à devenir sérieux, réfléchi, pensif. Pour cela que faut-il? que nous nous promenions seul à seul dans le jardin ou ailleurs, que nous pensions fortement à ce que nous voulons écrire, que nous portions les yeux tantôt vers la terre, tantôt vers le ciel. C'est le vrai moyen propre à devenir habile dans l'art utile et honorable de penser.

« Cherchez, dit avec raison l'Évangile, vous trouverez : frappez, on vous ouvrira. » En effet, quiconque cherche trouve presque toujours, comme quiconque frappe à une porte, finit toujours par se faire ouvrir. Ainsi, de même de nous ; pour parvenir à faire des lettres sérieuses, instructives, pensons, cherchons, réfléchissons ; et, par là, nous ne pourrons manquer d'atteindre notre but. — Ce que tu dis là est bien vrai, lui dit Paul, car il est bien sûr que toutes les fois que l'on veut faire quelque chose de sérieux on finit par en venir à bout, quelque difficile que ce soit, parce qu'on n'a besoin, pour ceci, que de penser, que de chercher, ou que de suivre le précepte que tu viens de nous citer, qui est tiré de l'Évangile. D'après ce beau précepte philosophique, j'en conclus que si la plupart des grandes personnes ne savent presque rien en morale, en religion et en philosophie, ce n'est pas parce qu'elles n'étaient pas capables de pouvoir comprendre ces belles et utiles choses; c'est seulement parce qu'elles ne s'en sont pas occupées étant jeunes, ou qu'elles ne se sont pas exercées, dans cet âge favorable, à penser, à juger, à chercher le bien et l'utile. Voilà, assurément, d'où provient leur excessive ignorance, elle ne provient pas d'ailleurs. Pour ma part, je vous l'assure, vous pouvez tous m'en croire, je ne les imiterai pas; car je vais, à partir d'aujourd'hui, composer de jolies lettres pour notre correspondance, ou des lettres sérieuses, instructives. Mais pour cela, il nous convient de faire ce que dit Valentin, il faut cesser d'être distraits, de jouer; il vaut mieux être pensifs, réfléchis. Or, j'en fais le serment, je veux être tout ceci, et dès aujourd'hui. — Moi aussi! moi aussi! » s'écrièrent vite tous les autres.

Ces cris poussés, Jérôme porta les yeux sur

Valentin, et lui dit : « Sais-tu, Valentin, que tu parles bien, que tu as beaucoup d'esprit ; à t'entendre, on ne te prendrait point pour un enfant de douze ans, on te croirait plutôt un homme, et même un très-distingué. Dis-moi, qui t'a rendu ainsi ? où as-tu puisé toutes les idées dont tu nous entretiens, je serais très-curieux de le savoir. — Ah ! lui répondit Valentin, si je m'exprime de la sorte, c'est à mon père et à ma mère que je le dois, puis à un monsieur qui vient quelquefois chez nous. Ils ont souvent entre eux des conversations savantes, dans lesquelles ils parlent un peu de tout ; et, quand ils raisonnent ainsi, je prête attentivement l'oreille, je retiens bien tout ce qu'ils disent. Voilà comment je m'instruis dans beaucoup de choses. Fais-en de même toutes les fois que tu en trouveras les occasions, tu en recueilleras peut-être les mêmes avantages. — C'est vrai, dit Jérôme, tout surpris de cette bonne réponse à ses questions : eh bien ! puisqu'il en est ainsi, en avant, marchons ! faisons tout ce que nous conseille Valentin. — Oui ! oui ! répétèrent-ils tous à la fois : faisons-le ! faisons-le !... »

Là se termina leur conversation concernant la correspondance entre eux qu'ils se proposaient ; et à l'instant même ils commencèrent à y travailler.

Correspondance enfantine et instructive entre de petits garçons d'une école libre de Paris.

A peine Valentin et ses camarades furent-ils convenus de ne plus faire de compositions, d'ouvrir entre eux une correspondance sérieuse et instructive, qu'ils s'y préparèrent, s'en occupèrent activement. On les vit alors, comme l'avait conseillé l'un d'eux, se promener seul à seul, s'arrêter de temps en temps dans le jardin, et le regard pensif, sérieux, fixé à terre, pour trouver ce qu'ils voulaient s'écrire. Ce travail, bien que pénible et difficile, leur réussit; car ils finirent, après quelques essais, par faire d'assez bonnes lettres, où on voyait d'excellentes pensées. Ces lettres, quoique faites par des enfants de huit à douze ans, sont assez bien conçues et assez bien tournées, pour qu'elles vaillent la peine que l'on en reproduise ici quelques-unes; c'est ce que nous allons faire.

Première lettre de Jules Beaulieu à Léon.

Paris, le 4 octobre 1855.

Mon cher Léon,

Ainsi que nous l'avons dit hier entre nous

tous, voici, à force de nous exercer dans le style facile, que nous commençons à nous exprimer assez bien en écrivant, ou que nous construisons assez bien toute espèce de phrases, de petits discours faciles. Maintenant, que nous avons acquis ce degré de science, je serais d'avis, si tu le juges convenable, que nous cessassions de nous donner des sujets à composer et à développer, ou de faire tantôt une lettre, une description, une narration, un acte, etc. J'aimerais mieux, oui, pour mon compte, que nous remplaçions tous ces exercices par une correspondance ordinaire; surtout, par une correspondance sérieuse et instructive. Dans cette dernière, je voudrais, par conséquent, que nous nous appliquions à parler de choses savantes, utiles, que nous devons commencer à connaître et à pratiquer. Il y a, à cet effet, tu le sais tout aussi bien que moi, beaucoup à dire; et c'est ce qui me flatte, car c'est le moyen de montrer que nous avons de l'esprit, de la raison, que nous savons nous servir de notre intelligence, que ce n'est pas en vain que Dieu nous l'a donnée. Voilà, je crois, une bonne proposition que je te fais; elle doit te plaire. Vois à présent ce que tu en penses; j'attends ta réponse.

Je te salue bien,

Jules Beaulieu.

Première réponse de Léon Dantin à Jules.

Paris, le 5 octobre 1855.

Mon cher Jules,

Je suis assez de ton avis, j'approuve fort ta proposition, je suis tout prêt à l'accepter ; car il me tarde, comme tu me le dis, de cesser de nous donner des sujets à composer et à développer, ou d'en trouver nous-mêmes. Au lieu de continuer encore quelque temps ces exercices qui nous ont été très-utiles pour nous fortifier dans le style, j'aime beaucoup mieux, oui, que nous les remplacions maintenant par une correspondance ordinaire, surtout par celle dont tu parles. Dans celle-ci, nous aurons mille occasions, si nous avons un peu de goût, de jugement, de les dérouler, de les étaler aux yeux de tout le monde : et tout cela, vois-tu, nous fera plaisir, nous encouragera à bien travailler. Aussi, je te l'avoue franchement, j'en suis enchanté, je ne puis assez te louer de tes admirables conseils, t'en témoigner la reconnaissance la plus vraie, la plus vive. Ainsi, tout bien examiné, arrêté, j'adopte ta proposition, je ne recule pas. Attendu que c'est toi qui propose, à toi l'honneur : commence, je suis prêt à te répondre.

Je te salue,

Léon DANTIN.

Deuxième lettre de Jules Beaulieu à Léon.

Paris, le 6 octobre 1855.

Mon cher Léon,

Comme c'est moi qui devais commencer à ouvrir notre correspondance, je le fais, mais c'est avec peine, car je suis bien malade depuis hier matin à dix heures; j'ai une forte fièvre. Dans ma souffrance, je ne me sens pas de goût à t'écrire, je n'ai pas du tout d'idées, elles ne me viennent pas; je ne sais que te dire; de plus, je m'ennuie de ne pouvoir sortir, d'être obligé de rester auprès du feu. Dans cet état de malaise, je ne peux rien t'annoncer qui puisse t'intéresser, te faire plaisir... Je ne songe qu'à me guérir; j'attends la santé avec une vive impatience; je prie Dieu de tout mon cœur qu'il me l'envoie; je le prie aussi de t'inspirer la pensée de venir me voir, car il me semble que, si je te voyais, si je te parlais, je serais moins malade, je souffrirais moins. Dans cette douce persuation, si tu le peux, viens donc vite à moi, mon ami; je te serai obligé de n'y pas manquer. Mais, avant de venir, écris-moi deux mots; donne-moi de tes nouvelles, parce que je crains que tu ne sois aussi malade. Si tu l'étais, même seulement un peu, très-peu, je ne voudrais pas que tu te dérangeasses, j'aimerais mieux que tu restasses chez toi.

Je te salue bien, et suis ton sincère ami,

Jules BEAULIEU.

Deuxième réponse de Léon Dantin à Jules.

Paris, le 27 octobre 1855.

Mon cher Jules,

J'ai lu ta lettre avec douleur; je regrette bien de te savoir malade depuis hier dix heures du matin, d'apprendre que tu as la fièvre, que tu souffres beaucoup. Cela me fait comprendre, mon ami, qu'il ne faut compter sur rien, pas plus sur la santé que sur toutes les autres choses du monde, que tout nous échappe d'un moment à l'autre. C'est ce que j'entends souvent dire à mon papa; et je reconnais, par toi-même, que c'est vrai. Quoi! nous jouïons avant-hier ensemble, nous parlions d'aller nous promener dimanche prochain au musée du Louvre, pour admirer ses tableaux. En parlant ainsi, tu respirais la santé, tu la goûtais; et voici, aujourd'hui, que tu m'écris que tu es bien malade, que tu as une grande fièvre, que tu souffres beaucoup! Que tout cela est donc pénible! J'en suis désolé pour toi et pour moi.

Quant à moi, mon cher Jules, je ne suis pas malade ; j'en remercie Dieu : je me porte très-bien. Je vais donc me hâter d'aller te voir, ce soir, pour te tenir compagnie, te désennuyer, te rendre la santé si ma visite peut y contribuer. Étant malade, tu ne dois pas avoir d'appétit ; quelques friandises te sont nécessaires. Comme j'ai encore en réserve un peu de raisin sec et quelques figues, je t'en porterai en allant te voir.

Adieu, cher ami, je te souhaite une meilleure santé, et j'attends impatiemment l'heure de partir pour me rendre chez toi.

Ton ami très-attaché,
Léon DANTIN.

Troisième lettre de Jules Beaulieu à Léon.

Paris, le 2 novembre 1855.

Mon cher Léon,

Grâce au ciel, me voilà sauvé ; je suis guéri ; Dieu a écouté ma prière, il m'a rendu la santé que j'avais perdue faute de soins ; car c'est pour avoir trop couru, trop joué, et pour être ensuite resté longtemps en repos, sans faire aucun mouvement, que j'ai été malade ; sans cela je ne l'aurais pas été, j'en suis certain ; c'est ce qu'a dit le médecin. Du reste, tu sais qu'il se connaît bien aux maladies. Quand il t'arrivera aussi de trop courir, de trop jouer et d'avoir bien chaud, continue à te livrer un peu aux exercices corporels, ne reste pas tout d'un coup dans une complète inaction. Si tu y restais, si tu laissais refroidir brusquement tes membres, tu tomberais aussi malade ; à l'instant tu aurais la fièvre comme je viens de l'avoir ; et je t'assure que, quand on l'a bien fort, on souffre beaucoup, on n'est pas gai, tant s'en faut ; au contraire, on est triste, tout à fait abattu. Pour n'être pas malade, fais donc ce que je te conseille, n'y manque pas. Avant de terminer, je ne dois pas oublier de te dire que je dois ma guérison à Dieu, d'abord ; puis aux bons soins de mes parents, de même qu'à ton raisin sec et à tes figues. Aussi, t'en suis-je bien reconnaissant, mon ami ; ne puis-je assez te remercier de me les avoir apportés, de t'en être privé, de m'a voirtenu compagnie pendant trois ou quatre jours. Ayant toujours la tête un peu pesante, je ne t'en écris pas davantage aujourd'hui, je remets la partie à un autre jour, où je ne souffrirai plus du tout. Je te prie de me donner de suite de tes nouvelles, il me tarde d'en recevoir.

Je te salue.

Ton affectionné et fidèle ami,

Jules BEAULIEU.

Troisième réponse de Léon Dantin à Jules.

Paris, le 3 novembre 1855.

Mon cher Jules,

J'ai lu ta lettre d'aujourd'hui avec un plaisir extrême, inexprimable ; car il n'est rien qui puisse m'être plus agréable que d'apprendre que tu es guéri, que tu ne souffres plus, ou du moins que très-peu. Oh ! que j'en suis donc content ! que j'en remercie Dieu, mon ami ! Oui, tu peux me croire, je l'en remercie du fond du cœur, parce que je vois qu'il a écouté ta prière et la mienne, qu'il ne s'est point montré sourd à nos pleurs, à nos demandes. « O bon Dieu ! me disais-je en moi-même, quand je te voyais au lit, que tu tremblais de froid, que tu me serrais la main, sauvez mon ami, rendez-lui la santé, guérissez-le vite. » Tu le vois, mon cher Jules, il a écouté ces paroles qui partaient du fond du cœur, il les a écoutées comme il a écouté les tiennes : donc, nous avons bien fait de le prier ; donc, nous ne pouvions mieux faire.

Maintenant que te voilà guéri, sauvé, tu vas, je l'espère, me tenir parole ; ou te préparer à m'entretenir, dans notre correspondance ordinaire, de ces choses sérieuses, utiles et agréables, dont tu m'as parlé, et que nous devons commencer à connaître, à pratiquer. Tu sais que j'aime à les lire, qu'elles me plaisent extrêmement; c'est pourquoi je t'exhorte à t'y préparer. Étant plus âgé que moi, ayant aussi plus de connaissances en tout genre, je t'écouterai avec plaisir et attention, comme un élève soumis et studieux doit écouter son maître. Par là, tu vois que j'attends tes réflexions avec avidité : dépêche-toi de m'écrire une jolie lettre, raisonnée, pleine de bonnes idées, remarquables, dont je puisse profiter.

Je te salue.

Ton ami dévoué,
Léon DANTIN.

Quatrième lettre de Jules Beaulieu à Léon.

Paris, le 9 novembre 1855.

Mon cher Léon,

Voilà que j'atteins quinze ans, et toi quatorze; voilà alors que nous devons cesser d'aller à l'école, et songer à entrer dans la vie active et productive, et le plus heureusement possible. Mais cette vie que nous ne connaissons pas, et qui n'est plus qu'à quelques pas de nous, que nous touchons presque, on n'y entre point que par une seule porte, on y entre toujours par deux, dont l'une conduit au bonheur, et l'autre au malheur. Faute de les connaître d'avance, nous courons fort le risque de nous y tromper, c'est-à-dire que nous sommes plus exposés à entrer par la dernière que par la première. Pour éviter cette dangereuse méprise, que faut-il faire? Voici ce que j'ai à te proposer d'examiner. Si, dans ta prochaine lettre, tu réponds bien à ces questions, qui sont de la plus grande importance pour notre avenir, je te regarderai comme ayant beaucoup d'esprit et de jugement.

Ton ami tout à toi,
Jules BEAULIEU.

Quatrième réponse de Léon Dantin à Jules.

Paris, le 10 novembre 1855.

Mon cher Jules,

Si je t'ai demandé des réflexions, je ne pouvais pas mieux m'adresser qu'à toi, car tu m'en as donné, et de bien grandes, qui m'ont fortement embarrassé. Néanmoins, quoique difficiles, je crois, à force de chercher, que j'en suis venu à bout ; c'est-à-dire, que je me suis mis en état de pouvoir répondre convenablement aux admirables propositions que tu m'as faites : tu vas en juger.

Maintenant que tu as bientôt quinze ans et moi quatorze, c'est bien vrai, comme tu le dis, que nous devons cesser d'aller à l'école, que nous allons entrer dans la vie active et productive par le travail, et que l'on y entre toujours par deux chemins, dont l'un conduit au bonheur, et l'autre au malheur ; qu'il faut que nous fassions tout notre possible pour suivre le premier et éviter le dernier. Quant aux moyens qui sont propres à y réussir, ce sont ceux, selon moi, qui consistent à choisir d'abord un état à notre goût, approprié à nos forces, à notre intelligence, et avec lequel nous puissions gagner honnêtement notre existence. Ce qui doit suivre, c'est une bonne instruction morale et religieuse, qui nous fasse connaître et remplir tous nos devoirs en ce monde, et nous mette à même de pouvoir jouir, par une bonne conduite, des félicités éternelles de l'autre monde. Voici, je pense, mon cher ami, ce qui, pour nous préparer une heureuse entrée dans la vie active et productive du travail, y est le plus propre, ou le plus convenable. A présent que je t'ai fait connaître ma manière de voir à cet effet, veuille me dire, par une prompte réponse, si tu trouves que j'ai bien répondu à tes questions, selon ton goût ; il me tarde de le savoir.

Je suis, en attendant ta réponse avec impatience,

Ton ami tout à toi,   Léon DANTIN.

Cinquième lettre de Jules Beaulieu à Léon.

Paris, le 11 novembre 1855.

Mon cher Léon,

Selon tes désirs je t'écris de suite, afin de t'apprendre que je suis très-satisfait de ta réponse à mes questions : je trouve que tu ne pouvais pas y répondre mieux. Pour en venir à bout, comment ferait-on? Ce ne serait pas facile, car rien, en effet, n'est plus propre à nous faire entrer heureusement dans la vie active et productive du travail, qu'un état à notre goût, d'abord, approprié à notre intelligence, à nos forces, et avec lequel nous puissions gagner honnêtement notre existence ; puis une bonne instruction morale et religieuse, qui nous fasse connaître et remplir tous nos devoirs ici-bas, et nous mettre à même, par une bonne conduite, de pouvoir jouir des félicités éternelles de l'autre monde. Oui, mon cher Léon, tu peux m'en croire sur parole ; ta réponse à ma question me paraît excellente, admirable : pour mon compte, je la trouve si bonne, si utile, que je voudrais, de tout mon cœur, que tous les enfants de notre âge la connussent, et missent en pratique tout ce qu'elle renferme de bien. Mais malheureusement pour eux il n'en est pas ainsi, car la plupart, même la généralité, ne songent pas du tout, à la sortie de l'école, à choisir un état à leur goût, convenable à leur intelligence, à leurs forces ; et encore moins à acquérir une instruction morale et religieuse, qui leur fasse connaître et remplir tous leurs devoirs, et c'est fâcheux pour tous, bien fâcheux ! Mais qu'y faire ? N'y pouvant rien, commençons, nous qui en sentons le besoin, par leur en donner l'exemple ; il sera possible, lorsque nous le leur aurons donné, que quelques-uns se montrent désireux de le suivre ; et ce serait assez pour le propager dans la famille, d'abord ; puis de là dans la société.

Je suis, mon cher Léon, avec le désir que cette lettre te soit aussi agréable que me l'a été la tienne,

Ton ami très-attaché et tout à toi,
Jules BEAULIEU.

Correspondance enfantine et instructive entre de petites filles d'une école libre de Paris.

Lorsque les élèves de M. Rosier eurent résolu de ne plus faire de compositions aux heures de leurs récréations, d'ouvrir de préférence une correspondance entre eux ; ils convinrent de la faire secrètement, de n'en parler à personne.

Mais tous ne furent pas fidèles à cette convenance, car il y en eut qui en firent part ou à leurs sœurs, ou à leurs cousines, ou à leurs camarades, leurs cousins. Et, par là, on en fit bientôt autant dans toutes les écoles du voisinage, principalement dans celle de Mme Fontange, qui était le plus près d'eux. Comme les lettres des élèves de cette institutrice sont aussi intéressantes que celles des élèves de M. Rosier, nous allons également en reproduire quelques-unes ici ; nous nous servirons de celles de Marie et d'Elise, qui, les premières, voulurent rivaliser dans ce nouveau travail, avec les élèves de M. Rosier.

Première lettre de Marie Vilna à Élise.

Paris, le **16** novembre **1855**.

Ma chère Élise,

Je viens d'apprendre, par mon frère Auguste, que les écoliers de M. Rosier se trouvent maintenant assez forts en style facile, qu'ils ne font plus de compositions aux heures de leurs récréations ; ils ont préféré ouvrir une correspondance entre eux ; et qui est, à ce que l'on assure, sérieuse, instructive, ou dans laquelle ils ne se disent que des choses bien pensées, réfléchies, utiles. Cette idée me paraît être excellente ;

si tu veux m'en croire, nous l'admettrons; nous cesserons aussi de faire des compositions aux heures de nos récréations, nous remplacerons également cette étude par une correspondance entre nous deux. Il est vrai qu'agir de la sorte c'est nous modeler sur les petits garçons, les prendre pour nos maîtres : mais après tout, s'ils sont plus savants que nous, s'ils ont de meilleures idées, plus avantageuses, pourquoi ne les admettrions-nous pas ? Je ne vois rien qui s'y oppose, nullement rien. Ainsi, si cela te plaît, à partir d'aujourd'hui nous ne ferons plus de compositions, nous ouvrirons une correspondance entre nous deux; non, comme celle des élèves de M. Rosier, que sérieuse et instructive, mais en même temps gaie, ou un peu amusante. Par là, elle n'en sera que plus agréable, plus encourageante. Maintenant que tu connais mes propositions, veuille les examiner, et m'écrire de suite ce que tu en penses, ou si tu les approuves ou non.

Je te salue bien, et suis toujours, comme à l'ordinaire, ta sincère amie,

Marie VILNA.

Première réponse d'Élise Dauger à Marie.

Paris, le 17 novembre 1855.

Ma chère Marie,

Tes propositions me plaisent; je les accueille

avec joie, parce que je les crois utiles : je consens alors, et dès aujourd'hui, à cesser de composer, puisque voici que nous y sommes assez habiles, et à ouvrir, entre nous deux, la correspondance tout à la fois amusante et sérieuse que tu me proposes. Je conviens, comme tu le dis, qu'agir de la sorte, c'est nous modeler sur les petits garçons, les reconnaître pour nos supérieurs ; mais après tout, comme tu le dis encore, s'ils le sont réellement, s'ils ont de bonnes idées, je ne vois pas pourquoi, en effet, nous rougirions de les imiter : penser autrement ne serait pas faire preuve d'esprit, ce serait plutôt de la maladresse. Quelques-uns, je le sais, combattent toujours toute idée qui ne vient pas d'eux, même quoique convaincus d'ailleurs qu'elle est bonne, utile. Ils refusent obstinément de l'adopter, ils la critiquent, la repoussent de toutes leurs forces : et cela, par quel motif ? Par orgueil, opposition ; pour mieux dire, faute de jugement, d'équité. Quant à moi, je ne suis pas aussi fière, tant s'en faut : lorsqu'une idée me semble juste, bonne, quelle que soit la personne d'où elle provient, je l'approuve comme avantageuse et nécessaire ; je ne la critique jamais, je ne la repousse point, je ne m'en montre pas jalouse ; je l'accueille plutôt avec plaisir, empressement, reconnaissance ; parce que je crois que tel est mon devoir, et que ma raison me le commande. Toi, chère Élise, tu agis de même ; c'est ce que j'ai eu occasion de remarquer plus d'une fois depuis que j'ai acquis un peu d'intelligence ; et c'est ce qui fait, je te l'assure, que je t'estime, que je te suis très-attachée. Ainsi, tout bien examiné, j'accepte tes propositions ; ou je suis prête à ouvrir, entre nous deux, et dès aujourd'hui, une correspondance tout à la fois sérieuse et amusante. Quant au choix des premiers sujets, je te laisse libre : si tu commences par du sérieux, ma réponse sera sérieuse ; comme si tu commences par du gai, de l'amusant, ma réponse sera également gaie, amusante. Voilà, pour achever, tout ce que j'ai à te dire à cet égard.

Je suis, ma chère Marie, avec le plus vif désir de nous voir déjà à l'œuvre,

Ta compagne dévouée et fidèle,

Élise DAUGER.

Deuxième lettre de Marie Vilna à Elise.

Paris, le 22 novembre 1855.

Ma chère Élise,

Depuis quelques jours, j'ai bien des choses à te dire, et de bien agréables, de bien jolies. Mais pour te les peindre telles qu'elles sont, telles que je les ai vues, il faudrait une autre plume que la mienne, car je sens que, pour une pareille épreuve,

4.

elle est encore bien faible. Néanmoins, toute faible qu'elle est, il faut que je m'en serve; je ne puis m'en dispenser, parce que j'ai un trop beau sujet à te peindre, à étaler à tes yeux.

Avant-hier, j'étais à la noce de ma cousine Hortense; je la vis marier à la mairie et à l'église. Pendant tout le temps de la cérémonie du mariage je me tins toujours à ses côtés, je ne la quittai pas un seul instant; j'avais continuellement la vue sur elle. Dans le plaisir que j'éprouvais à la regarder, je ne pouvais me lasser d'admirer sa jolie robe blanche, son beau bouquet au sein, ses longs cheveux noirs en tresses, et la belle couronne de fleurs artificielles dont sa tête virginale était ceinte. En la voyant ainsi parée, pleine de grâces, et regardée de tout le monde, que je la trouvais jolie, heureuse!...

Ce qui, à son mariage, m'a le plus frappée, et que je n'oublierai pas, c'est le moment où le prêtre, après avoir demandé à son mari s'il voulait l'épouser, lui a dit à son tour : « Et vous, Hortense Vilna, voulez-vous aussi prendre, et prenez-vous Auguste Olivier pour votre futur et légitime époux ? — Oui, monsieur! lui répondit-elle tout bas, d'un air modeste, et en rougissant un peu. » Le prêtre reprit : « Lui promettez-vous, devant Dieu et devant les hommes, de lui garder la foi comme une épouse le doit à son époux ? — Oui, monsieur! lui répondit-elle encore tout bas, et toujours d'un air modeste. » Ces paroles, vois-tu, me touchèrent ; je ne sais quel effet surprenant elles produisirent en moi ; je ne puis encore bien m'en rendre compte, me l'expliquer.

À la sortie de l'église, nous nous rendîmes de suite chez le mari de ma cousine, où nous attendait un bon déjeuner, très-appétissant. À peine eut-on mangé et parlé un peu, que l'on fit les compliments d'usage aux deux mariés ; on leur souhaita un heureux hymen, puis on se mit aussitôt à danser et à chanter. Ce fut alors que je me trouvai contente, satisfaite, car tu sais que j'aime beaucoup la danse et le chant. Dans ces moments de bonheur, de plaisir, je pensais à toi, chère Élise ! j'aurais voulu te voir avec nous, à mes côtés ; c'eût été une grande joie pour moi. Mais, hélas ! cela ne se pouvait pas, et c'était un grand regret pour mon cœur.

Je suis, ma chère et bonne amie, avec le désir que tu puisses, à ton tour, m'apprendre d'aussi jolies choses que celles dont je viens de t'entretenir,

Ton amie tout à fait dévouée et toute à toi,

Marie Vilna.

Deuxième réponse d'Élise Dauger à Marie.

Paris, le 23 novembre 1855.

Ma chère Marie,

Comme toi, ces jours-ci, je ne suis point allée

aux noces, je n'ai point goûté les plaisirs dont tu me parles et auxquels tu as pris part; mais, en compensation, j'en ai aussi goûté quelques-uns d'un autre genre, car j'étais hier, avec papa et maman, à la fête de Saint-Cloud, et je t'assure que je ne m'y ennuyai point, que j'y vis de belles choses, très-curieuses. A notre arrivée, nous nous promenâmes d'abord dans la prairie où a lieu la fête : là, nous admirâmes, avec une grande attention, tous les jeux qui s'y tiennent, toutes les comédies que l'on y voit de toutes parts, surtout le parc du château, ainsi que ses fontaines, ses jets d'eau, ses cascades et ses bassins. Fatigués de voir tout cela, nous reprîmes, vers cinq heures, la route de Paris, avec plusieurs de nos voisins et de nos voisines, en suivant la rive gauche de la Seine, qui est bordée de saules et de hauts peupliers. Lorsque nous fûmes au haut de l'île Seguin, ou auprès des murs d'enceinte, nous nous assîmes un moment pour nous reposer un peu, et manger quelques fruits que nous avions dans nos poches. Comme nous étions occupés à les manger et à cueillir quelques fleurs dont la prairie est parée, il vint un âne à nous, qui voulait flairer ces fleurs. Adèle Vigon, que tu connais, et qui est très-gaie, voulut monter dessus, ce qu'elle fit à l'instant. A peine fut-elle sur son dos qu'il se mit à braire de toutes ses forces, à sauter, à courir, à gambader, à ruer, et nous à rire, à rire aux éclats.

Mais elle ne riait pas, elle, il s'en fallait bien : elle commença de suite à pleurer, à crier : « A moi ! mes amis, à moi ! à mon secours ! je suis morte, perdue !... » Elle n'eut pas prononcé ces paroles que l'âne fit un grand saut en l'air, et la jeta à terre. Alors nous cessâmes aussitôt de rire, nous courûmes vite à son secours ; nous la relevâmes vite, mais pâle, tremblante, respirant à peine. En la voyant ainsi renversée, nous crûmes d'abord qu'elle s'était cassé un bras ou une jambe : heureusement pour elle il n'en était rien ; elle se déchira seulement un peu la figure et la main gauche. Certains qu'elle n'avait pas de mal, nous la plaisantâmes ensuite, nous lui demandâmes si elle voulait remonter sur l'âne. « Oh ! non, non ! répondit-elle, je ne veux plus ; j'ai eu trop peur, c'est bien pour la première et la dernière fois que j'y monte. »

Là, s'est terminée notre fête de Saint-Cloud. Tu vois alors que, comme pour toi, ces jours-ci ont été pour moi des jours de plaisirs, de bonheur. Comme ayant été tels, je suis, ma chère amie, avec le désir que nous puissions souvent en voir de pareils,

Ton amie bien sincère et très-attachée,

Élise DAUGER.

Troisième lettre de Marie Vilna à Élise.

Paris, le **31** novembre **1855**.

Ma chère Élise,

Voici que j'ai bientôt quatorze ans, et toi treize : c'est le temps, alors, de cesser d'aller à l'école, et d'apprendre un état; car il nous en faut un pour vivre, pour n'être plus à charge à nos parents. Pour mon compte, j'examine déjà, depuis quelque temps, celui pour lequel je me sens propre, ou qui convient le mieux à mon intelligence, à mes forces et à mon goût. En fait d'état, il faut, vois-tu, que toutes les filles qui ne sont pas riches en aient un pour gagner honorablement leur vie. Mais, outre celui-ci, il importe encore qu'elles connaissent aussi un peu la cuisine, nécessaire à toutes les femmes. Beaucoup, je le sais, ne s'en occupent pas du tout; mais en cela elles ont grand tort. Pour moi, je commence à y songer, à regarder comment s'y prend ma mère, à lui aider le plus que je peux. Et depuis que j'agis de la sorte, je trouve, ce me semble, que je ne m'en tire pas trop mal, que j'y réussis même assez bien ; car voici que je fais passablement une soupe, une salade, une omelette, et même un ragoût. Tout cela, me diras-tu, est peu de chose en cuisine, c'est vrai, mais c'est toujours un commencement ; de là, on va un peu plus loin. Quant à toi, qui n'as encore essayé, je crois, jusqu'à ce jour, ni d'embrasser un état pour vivre, ni de faire la cuisine, je t'engage fort, pour ton utilité future, à commencer à penser à l'un et à l'autre, parce que c'est, pour ton bonheur, pour ne pas être à charge à tes parents, tout ce que tu as de mieux à faire de suite : je pense que tu le comprends ; et suis, à cet égard, avec le plus vif désir de ne point me tromper,

Ta bonne et fidèle amie,
Marie VILNA.

Troisième réponse d'Élise Dauger à Marie.

Paris, le 5 décembre 1855.

Oui, ma chère Marie, c'est bien sûr ; voici, maintenant, que tu as atteint quatorze ans et moi treize ; voici alors que nous devons cesser d'aller à l'école, et embrasser un état pour vivre, pour n'être plus à charge à nos parents ; c'est bien certain, comme tu le dis ; pourtant, je n'en avais pas encore eu la pensée. Mais comme tu me la communiques, je vais la mettre à profit, ou m'occuper, dès à présent, à choisir un état pour lequel je me sentirai propre, ou qui convienne à mes forces, à mon intelligence et à mon goût. Quant à celui de cuisinière, je vais m'en occuper aussi; je vois, en effet, qu'il est indispensable à toutes les filles, que toutes doivent le savoir. Mais je remarque, à ce sujet, qu'il y en a encore deux autres qui sont également nécessaires à toutes, que toutes doivent également connaître un peu, et dont, cependant, tu as oublié de me parler : ce sont, ce me semble, celui de couturière et celui de lingère. Dans un ménage, quel qu'il soit, une femme a toujours besoin de savoir coudre et repasser le linge, comme de savoir faire la cuisine : donc, cuisiner, coudre et repasser le linge, sont trois états qui sont utiles à toutes les filles, et toutes, par conséquent, doivent connaître un peu ce triple état, aussi bien celles qui sont riches que celles qui ne le sont pas. Nous qui sommes pauvres, ou de la classe ouvrière, apprenons-les dès à présent, ainsi que celui qui, nécessaire à notre existence, nous fera gagner honnêtement notre pain quotidien, ou nous empêchera de rester à charge à nos parents. Ce sont là, oui, d'excellentes idées, elles ne peuvent être meilleures; crois que je ferai tout mon possible pour en profiter, comme pour te témoigner ma vive reconnaissance.

Ton amie toujours bonne, toujours toute à toi,

Élise DAUGER.

Quatrième lettre de Marie Vilna à Élise.

Paris, le 8 décembre 1855.

Ma chère Élise,

Depuis deux ou trois jours, je suis poursuivie par une pensée qui me préoccupe beaucoup, ne me quitte point. Dans cette préoccupation je cherche à savoir quel est le travail le plus propre à reconnaître les enfants qui ont de l'intelligence et du jugement, puis l'instruction et les qualités qui conviennent le plus aux filles. Cette pensée, je te l'avoue, me paraît bien bonne, bien intéressante : mais tout étant telle, je ne puis pas bien me l'expliquer, m'en rendre un compte exact ; et ceci me contrarie assez, m'empêche de dormir. Selon moi, je crois que le travail qui est le plus propre à reconnaître l'intelligence et le jugement des enfants, est le style, ou la composition ; et que l'instruction et les qualités qui conviennent le plus aux filles, sont la morale, la religion, le travail, la modestie, la douceur et la vertu. Mais bien que le croyant, je crains néanmoins de me tromper, je ne me fie pas assez à mes faibles lumières. Toi qui es plus âgée et plus savante que moi dans l'art de penser, veuille aussi examiner à ton tour cette question intéressante, et m'écrire de suite ce que tu en penses ; je t'en serai infiniment obligée.

Je te salue bien,

Marie VILNA.

Quatrième réponse d'Élise Dauger à Marie.

Paris, le **9** décembre **1855.**

Ma chère Marie,

Les pensées qui, depuis deux ou trois jours, te poursuivent, t'empêchent de dormir, sont admirables, pleines d'intérêt ; elles ne peuvent être plus satisfaisantes, et ce que tu en as conclu n'en vaut pas moins, car c'est bien vrai que le travail le plus propre à reconnaître l'intelligence et le jugement des enfants, est le style ou la composition. Qu'y a-t-il, en effet, qui vaille mieux ? Rien, absolument rien. Lorsque l'on compose, ou que l'on écrit, on est forcé, bien entendu, de penser, d'ordonner ses pensées, puis d'examiner si elles sont bonnes ou non. Et celui alors qui le fait est aussi forcé d'exercer son esprit, de penser, de juger. Donc, pour reconnaître les enfants qui ont de l'intelligence et du jugement, c'est le style ou la composition qui y sont le plus propres, ou le plus convenables. C'est encore bien vrai, par une même raison, que l'instruction et les qualités qui conviennent le plus aux filles, sont la morale, la religion, la modestie, la douceur et la vertu. Je dis que c'est bien vrai, attendu que les filles, par leur constitution, ne peuvent pas s'exercer ou se vouer aux arts et aux sciences qui exigent de grandes forces, de grandes fatigues, de grandes lumières, ou qui conduisent à ce que l'on nomme la gloire, l'immortalité illustre. Ne pouvant, par là, s'immortaliser de la sorte, il convient donc, par une sage prudence, ou pour vivre conformément aux lois de leur sexe, qu'elles ne s'attachent, en fait d'instruction, qu'à la morale, la religion ; puis, qu'en fait de qualités, elles mettent tous leurs soins à se distinguer par le travail, la modestie, la douceur et la vertu. Voilà, oui, dans toutes ces choses, ce qui leur convient le mieux sous tous les rapports, ce qu'elles ont de mieux à faire pour vivre heureuses, respectées et honorées. Et ce qui, en ceci, me fait plaisir, me contente beaucoup, c'est que tu le dis, le sens, le comprends. Puissent, pour leur bien et l'honneur de leur sexe, toutes les petites filles de notre âge être de même ! Je le leur souhaite de tout mon cœur. C'est ce dont tu ne doutes point, pas plus que tu ne doutes, je pense, de l'amitié et du dévouement avec lesquels je suis, chère et bonne Marie, ton amie sincère et toute à toi,

Élise DAUGER.

Conversation enfantine entre de petits garçons d'une école libre de Paris, concernant la fin de leurs compositions de style facile.

Par le goût et l'application qu'ils y mirent, les écoliers de M. Rosier acquirent, au bout de sept à huit mois d'exercice, une bonne force de style facile, ils ne faisaient plus guère de fautes: sans être encore bien habiles, ils l'étaient néanmoins déjà assez pour pouvoir écrire pas trop mal tous les sujets qu'ils se proposaient, ou tous ceux qu'on leur donnait ; et c'était beaucoup pour eux, pour de petits enfants de leur âge. Cette connaissance qu'ils acquirent si vite, les amena un jour à la conversation suivante.

« A force de penser et d'écrire, dit un nommé Pierre, voici enfin que nous sommes parvenus à composer toutes sortes de sujets, soit ceux que l'on nous donne, soit ceux que nous trouvons nous-mêmes, ou à tourner passablement une lettre, une description, une narration, etc., Maintenant que nous possédons ce degré de force en style, si vous voulez m'en croire, nous n'irons pas plus loin, nous en resterons là. Au lieu de passer nos heures de récréation à composer, comme nous le faisons depuis sept à huit mois, nous les emploierons plutôt à étudier autre chose, comme l'histoire et la géographie, à nous les enseigner nous-mêmes, ainsi que nous l'avons fait pour le style facile. De cette proposition, qu'en pensez-vous? Daignez me répondre, cela en vaut la peine. »

Comme d'habitude, à cette question, tous se regardèrent comme pour se consulter des yeux, se demander ce qu'ils devaient répondre. Après un instant de silence, d'hésitation, un petit châtain aux oreilles longues, au front large, et le nez un peu gros et court, fit signe qu'il voulait parler, et répondit à Pierre :

« C'est certain, comme tu le dis, que nous sommes maintenant assez forts, en style, pour écrire assez bien toutes sortes de sujets, soit ceux que l'on nous proposerait, soit ceux que nous nous proposerions nous-mêmes : c'est inutile, en conséquence, que nous nous appliquions à nous perfectionner encore dans l'art de la composition. Au lieu d'employer nos heures de récréation à cet exercice, il vaut mieux, en effet, que nous les employions à une autre étude utile, ou à celle de l'histoire et de la géographie ; penser de la sorte, c'est très-bien penser. Ainsi, pour ma part, ta proposition me va, je l'accueille. — Et vous autres, amis, êtes-vous tous de mon avis? — Quant à moi, dit Petit-Jacques, je le suis. — Moi aussi! moi -aussi! » s'écrièrent vite tous les autres.

« Quiconque, poursuivit Dominique, sait faire une lettre, une narration, une description, peut en faire des cents, des mille, parce que le travail est toujours le même, ne change presque pas, ou que très-peu : et il en est de même pour tous les autres genres de compositions, ou pour faire un acte, une facture, un billet à ordre, un sous-seing, etc. Or, il en résulte, de tout ceci, que ce qui, pour nous rendre assez forts en style facile, est bon, ne consiste pas à faire toutes sortes de modèles, et une grande quantité de chaque espèce, mais plutôt à en connaître le principe ou la règle : et c'est ce que Valentin nous a parfaitement expliqué. Maintenant que nous connaissons ce principe ou cette règle, c'est inutile alors que nous perdions, dans nos récréations, notre temps à nous exercer à composer; il vaut beaucoup mieux, ce me semble, comme nous le propose Pierre, que nous étudiions l'histoire et la géographie, l'avantage en est incontestable.—Toi, Martin, qui n'es pas un sot, qu'en dis-tu? — Je dis que tu as raison, lui répondit Martin, je suis tout à fait de l'avis de Pierre. — Moi aussi! moi aussi! » répétèrent de nouveau tous les autres.

Ces derniers cris poussés, tous se turent; aucun ne disait plus rien, et semblait n'avoir plus rien à dire, quand, sans que l'on s'y attendît, un nommé Thomas se prépara à ranimer la conversation tombée :

« Oui, dit-il, puisque nous savons maintenant assez écrire, ou que nous connaissons passablement les règles du style, nous ne devons plus nous occuper de cette étude, il vaut mieux nous livrer, aux heures de nos récréations, à celle de l'histoire et de la géographie. Mais tout en nous y livrant, nous pouvons aussi, de temps en temps, nous exercer à une autre qui n'est pas moins utile ; c'est celle de la formule des actes privés, c'est-à-dire de ceux que l'on fait soi-même, non par-devant des officiers publics, ou par-devant des notaires, et que l'on nomme obligation, vente, quittance, bail, reconnaissance, billet à ordre, lettre de change, reçu, etc. Comme on a souvent besoin des uns et des autres de ces actes, que l'usage en est très-commun, même indispensable, il est bien, ce me semble, de savoir les rédiger, ou d'en connaître la forme voulue. Nous pouvons acquérir cette connaissance au moyen de la lecture, ou en lisant des livres qui contiennent toutes sortes de modèles d'actes privés. De cette idée qu'en pensez-vous? La trouvez-vous bonne? — Oui! oui! répondirent-ils tous, très-bonne! très-bonne! — Eh bien, poursuivit Thomas, pour achever, puisque vous la jugez convenable, mettons-nous à l'œuvre, ou étudions, dans nos heures de récréation, l'histoire et la géographie, faisons aussi toutes sortes de modèles d'actes privés. »

Tous approuvèrent fortement ces dernières paroles, et se disposèrent à les mettre en pratique.

---

*Modèles d'actes privés, composés par de petits écoliers d'une
école libre de Paris.*

A peine les élèves de M. Rosier eurent-ils arrêté, entre eux, qu'ils étaient assez forts en style facile, qu'ils n'avaient plus besoin de se livrer à cette étude aux heures de la récréation, qu'il valait mieux qu'ils se livrassent à une nouvelle, à celle de l'histoire et de la géographie, qu'ils le firent, et s'en occupèrent avec goût. Mais tout en s'en occupant ainsi, ils s'exercèrent, d'après les conseils de Thomas, à faire des modèles d'actes privés ou des obligations, des baux, des reçus, des billets à ordre, des quittances, etc. Comme ces modèles peuvent être utiles aux jeunes élèves qui n'en ont ni fait ni vu, on trouvera bon, selon notre habitude, d'en reproduire ici un certain nombre, les plus remarquables ou les plus dignes d'attention.

Modèle, par Jules Gilet, d'une obligation simple pour argent dû.

Je soussigné, Jean Latour, laboureur, demeurant à Bonnat (Creuse), reconnais devoir à M. Pierre Ranty, aubergiste, demeurant aux Bordes, commune de Bonnat (Creuse), la somme de quatre cents francs qu'il m'a prêtée pour acheter du bois ; laquelle somme je promets et m'oblige lui rendre avec intérêts, à raison de cinq pour cent par an, le trois juillet mil huit cent quarante-cinq, en un seul payement.

Jean LATOUR.

Fait à Bonnat, le 2 janvier 1849.

Autre modèle, par Victor Dupont, d'une obligation simple pour argent dû.

Je soussigné, Louis Maison, cafetier, demeurant rue de Rivoli, 48, à Paris, reconnais devoir à madame Pauline Bordier, lingère, la somme de deux cent cinquante francs qu'elle m'a prêtée pour acheter du charbon ; laquelle somme de deux cent cinquante francs, je promets et m'engage lui rembourser dans un an, à partir de ce jour, avec intérêts à cinq pour cent, en quatre payements égaux, de chacun soixante-deux francs cinquante centimes, dont le premier s'effectuera le quatre mars ; le second, le quinze juin ; le troisième, le douze septembre ; et le quatrième et dernier, le vingt-huit décembre.

Louis MAISON.

Fait à Paris, le 5 janvier 1842.

Modèle, par Léon Brisset, d'une obligation pour marchandises empruntées.

Je soussigné, Simon Dauger, peintre en bâtiments, demeurant à Marron (Seine-et-Marne), reconnais que M. Auguste Tourville, demeurant aussi à Marron (Seine-et-Marne), m'a prêté quatre poches de farine de froment, du poids de cent cinquante kilos chacune, pour deux mois; ou depuis le premier avril mil huit cent quarante-deux, jusqu'au premier juin de la même année, à l'époque duquel temps, je m'oblige et m'engage à lui remettre sa farine en même nature que je l'ai reçue, ou la somme de cent trente francs, dans le cas où je ne pourrais effectuer cette remise à cette époque.   Simon DAUGER.

Fait à Marron, le **26** mars **1842.**

Modèle, entre plusieurs personnes, d'une convention pour bâtir.

Entre nous soussignés, Sabin Rivière, orfévre, demeurant à Paris, rue de la Paix, **11**, d'une part;

Et Élie Cornudet, bottier, demeurant même rue, **25**, d'autre part;

A été convenu, pour être exécuté de bonne foi par chacun de nous, de ce qui suit; savoir :

Moi, Sabin Rivière, m'engage à faire reconstruire, à mes frais et dépens, un mur menaçant ruine, qui existe dans une cour faisant partie d'une maison, à moi appartenant, rue de la Paix, 9, lequel mur mitoyen est entre moi et le sieur Élie Cornudet, et sert de séparation d'une autre cour faisant partie d'une maison, appartenant au sieur Élie Cornudet, située pareillement rue de la Paix, 9, à condition que ledit sieur Cornudet souffrira que ledit mur, dans sa reconstruction, soit reculé d'un décimètre, sans que néanmoins, moi, dit Sabin Rivière, perde pour cela le droit de mitoyenneté que j'ai sur ledit mur. Ce que ledit sieur Élie Cornudet a agréé et consenti.

Fait double entre les deux parties, à Paris, le 9 août 1835.

Sabin RIVIÈRE.   Élie CORNUDET.

Modèle, par Henri Dupont, d'une reconnaissance d'ouvrage fait et fourni.

Je soussigné, Louis Catinat, maçon, demeurant à Orléans, rue de Bourgogne, 28, reconnais que le sieur Jacques Durand, horloger, demeurant rue de l'Éperon, 54, m'a fait et fourni, pendant le courant de ce mois de mai, trois montres en argent, à raison de vingt-huit francs chacune, ainsi que nous en sommes convenus, ce qui forme la somme de quatre-vingt-quatre francs dont je suis redevable audit sieur Jacques Durand, laquelle somme je promets et m'oblige de lui payer dans un mois à partir de ce jour.

Louis CATINAT.

Fait à Orléans, le 5 mai 1842.

Autre modèle, par Jules Dauvin, d'une reconnaissance d'une somme due pour nourriture.

Je soussigné, Charles Baron, demeurant à Olivet (Loiret), reconnais devoir à M. Denis Bertrand la somme de cent quatre-vingt-dix-neuf francs quarante centimes, pour nourriture qu'il m'a fournie pendant l'espace de quatre mois, à partir du onze mars mil huit cent trente-deux, jusqu'au onze juillet de la même année, laquelle somme je promets et m'oblige payer audit Denis Bertrand, dans trois mois d'ici, avec intérêts à raison de cinq pour cent, à dater de ce jour, jusqu'à l'époque dudit payement.

Charles BARON.

Fait à Olivet, le **12** juillet **1832**.

Modèle, par Céline Mouton, d'une autorisation donnée par un mari à sa femme, pour être marchande publique.

Je soussigné Louis Duval, autorise, par le présent, Marie Bernard, mon épouse, à exercer pour son propre compte et comme marchande publique, le commerce d'épicerie dans la maison que j'occupe, rue des Postes, n° **40**, *ou* dans la maison qu'elle a louée à cet effet, *ou* dans la ville de Sèvres, où je consens qu'elle fixe son domicile.

Louis DUVAL.

A Paris, ce 1er mai 1836.

Autre modèle, par Jeanne Longuet, d'une autorisation donnée par un mari à sa femme, pour être marchande publique, et former société de commerce.

Je soussigné, Jacques Pernet, autorise, par le présent, Antoinette Daudin, mon épouse, à faire, pour son propre compte, le commerce de passementerie, et à former société de commerce de papeterie, à l'effet de quoi je consens qu'elle établisse la maison sociale dans une partie de celle à moi appartenant, que j'occupe à Paris, rue Saint-Martin, n° 62; à condition néanmoins qu'elle ne pourra rien vendre ou acheter en gros sans me consulter, ou sans que j'y consente.

Jacques PERNET.

A Paris, ce 12 juin 1838.

Conversation enfantine entre de petits garçons d'une école libre de Paris, et quelques-uns d'une école communale de Vendôme, concernant l'utilité de l'étude volontaire aux heures de la récréation.

Toujours fidèles à leurs promesses, ou conséquents avec eux-mêmes, les élèves de M. Rosier ne manquèrent pas, comme ils en étaient convenus entre eux dans leur dernière conversation sur le style, de se livrer, aux heures de leurs récréations, à l'étude volontaire de l'histoire et de la géographie, puis de faire quelques modèles d'actes privés. Mais ces dernières compositions quoique utiles, ne leur plaisaient pas ; ils les faisaient tous sans goût, ou trouvaient que c'était un travail monotone, ennuyeux. Dans cette manière de voir, Thomas qui, le premier, les avait engagés à s'y livrer, fut le premier à s'en plaindre ; à cet égard voici, un jour qu'ils y travaillaient, ce qu'il leur dit :

« J'aime assez l'étude de l'histoire et de la géographie, je m'y plais même, parce que je la trouve instructive et agréable ; mais quant à celle de la formule des actes privés, je ne l'aime pas, elle me déplaît, je la trouve ennuyeuse et fatigante, je n'en aime ni la composition ni la lecture. Et vous autres, amis, n'êtes-vous pas aussi de même ? ne vous produit-elle pas aussi les mêmes effets ? »

Tous avouèrent que oui, ou assurèrent qu'ils aimaient assez l'étude de l'histoire et de la géographie, mais que, quant à celle de la formule des actes privés, elle ne leur convenait pas, elle leur déplaisait plutôt. Les voyant ainsi disposés pour ce genre de style, Valentin qui, avec raison, se regardait comme leur maître, crut devoir leur en faire un reproche, ou leur dire :

« Je conviens, comme vous autres, que l'on n'éprouve pas de plaisir à faire des modèles d'actes privés, ou des baux, des ventes, des obligations, des lettres de change, etc. ; parce que c'est, en vérité, un style monotone, ennuyeux. Mais, bien que tel, il est pourtant désirable et utile, car on en a souvent besoin pour soi-même ou pour les autres ; pour cette raison travaillez-y encore un peu, ne vous découragez point dans ce genre de composition. Si vous n'en sentez point le besoin aujourd'hui, peut-être le sentirez-vous sans tarder ; alors vous n'aurez pas à regretter de vous y être exercés. »

Comme il achevait ces mots, que tous semblaient approuver, il fut interrompu par l'arrivée subite de François Robert et de son frère Lucien, qui entraient dans la classe avec quatre ou cinq de leurs petits cousins ou amis de Vendôme, qui étaient venus les voir, et voyaient Paris pour la première fois. Enchantés de la visite inattendue de ces quatre ou cinq petits Vendômois, Valentin et tous ses camarades les reçurent avec politesse et familiarité, ce qui parut les étonner un peu, les rendre honteux, attendu qu'ils n'avaient pas les habitudes parisiennes. Mais leur honte réelle ou apparente ne fut que l'affaire d'un instant, car à peine eurent-ils répondu aux diverses questions qu'on leur faisait, qu'ils portèrent la vue

sur les tableaux noirs tout couverts des compositions que venaient de faire les écoliers là présents.
Sûr que ceci attirait leur attention, qu'ils en paraissaient surpris, François Robert, leur cousin
ou leur ami, se hâta de prendre la parole, et
leur dit :

« Eh bien ! mes cousins, et vous mes amis,
comment trouvez-vous ce travail? Qu'en pensez-
vous? En fait-on un semblable dans les écoles
primaires de Vendôme? — Non, mon cousin,
répondit vite l'aîné des petits Vendômois, on ne
travaille pas comme cela dans les écoles primaires
de Vendôme, la vôtre est la première dans laquelle nous voyons ces beaux ouvrages. »

Fiers de ces éloges naïfs et mérités, les petits
écoliers parisiens comprirent, instinctivement,
qu'ils devaient, dans l'intérêt même des petits
étrangers, leur parler de l'avantage de cette manière de s'instruire, leur en faire sentir le besoin ;
ce fut ce qu'ils firent aussi.

« Ce n'est pas seulement qu'à Vendôme, leur
répondit un nommé Eugène, que l'on ne travaille pas de la sorte aux heures des récréations,
c'est même à Paris ; car notre école est peut-être
la seule et la première dans laquelle on le fasse.
Et, si on le fait, ce n'est guère que depuis sept à
huit mois. Valentin, que vous voyez là, est celui
qui en a eu l'heureuse idée, ou qui nous en a
parlé, et nous y a engagés. Persuadés qu'il avait

raison, ne pouvant en douter un instant, nous
avons tous suivi ses conseils à cet égard ; et tous,
nous vous l'assurons, n'avons qu'à nous en féli-
citer. C'est bien clair que nous avons plus d'avantage à employer nos heures de récréation à nous
instruire nous-mêmes, à nous exercer dans tous
les genres de style au tableau noir, qu'à jouer,
qu'à nous faire quelquefois du mal en sautant ou
en courant. Regardez ces compositions ; il y en a
de toutes les sortes, soit des lettres, des narrations, des descriptions, des ventes, des baux, des
factures, etc. Toutes ces choses nous sont d'abord
très-utiles pour nous former et nous fortifier
dans le style et la lecture, la bonne prononcia-
tion ; mais, outre cela, elles contribuent encore
à nous développer l'intelligence, à nous conduire
à penser, à juger sainement. Et tout ceci, vous
devez le comprendre sans peine, est très-impor-
tant, beaucoup plus qu'on ne le pense. Ainsi,
vous autres qui, à Vendôme, n'avez pas encore ces
bonnes habitudes dans vos écoles, je vous engage
fort, dans votre intérêt, à les prendre, à ne pas
y manquer ; ou à vous exercer, pendant vos heures de récréation, à faire toutes sortes de compositions comme vous en voyez ici, ou à vous instruire vous-mêmes dans l'art agréable et utile du
style, à en donner l'exemple, le plus possible,
dans toutes les écoles primaires de votre pays.

— Nous le ferons ! répondirent tous les petits Vendômois, nous le ferons! nous n'y manquerons pas, parce que nous voyons que c'est notre devoir et notre intérêt. »

Et après avoir fait cette promesse ils se promenèrent dans l'école, ils lurent quelques-unes des compositions qui étaient sur les tableaux noirs, afin d'en saisir et en retenir la formule, la tournure et l'esprit.

Bien certains que cette étude volontaire ne pourrait que leur être agréable et avantageuse, ils en parlèrent encore un peu aux petits écoliers parisiens, les remercièrent de leur en avoir donné le conseil ; et prirent congé d'eux en leur souhaitant une bonne santé et en leur serrant la main avec reconnaissance et amitié.

Conversation enfantine entre de petites filles d'une école libre de Paris et quelques-unes d'une école communale de Châlons-sur-Marne, concernant l'utilité de l'étude volontaire aux heures de la récréation.

La semaine même que les petits Vendômois visitaient l'école de M. Rosier, sept ou huit petites filles champenoises de Châlons-sur-Marne visitaient aussi, avec quelques-unes de leurs cousines et de leurs amies de Paris, l'école de Mme Fontange, et où elles virent à peu près la même chose que l'on avait vue dans la première. Pas moins étonnées que les petits Vendômois, mais moins timides, plus au fait des habitudes de

Paris; elles regardaient également avec admiration les compositions de tout genre dont les tableaux noirs de cette seconde école étaient couverts. Lorsqu'elles les eurent examinées tout leur content, l'une d'elles se disposa à adresser la parole aux petites Parisiennes, et leur dit :

« Savez-vous, Mesdemoiselles, si on s'instruit ainsi, aux heures des récréations, dans toutes les écoles primaires de Paris? ou seulement dans un petit nombre ? »

Bien aise de cette question, et flattée d'y répondre, la plus âgée des Parisiennes regarda fixement la Champenoise, et lui répondit en ces termes :

« Non, Mademoiselle , on ne s'instruit pas ainsi, aux heures des récréations, dans toutes les écoles primaires de Paris; celle-là, si je suis bien renseignée, est la seule de filles où on agisse de la sorte. Et, encore, en doit-on l'idée à une de garçons, voisine d'ici, et seulement depuis sept à huit mois. Avant ce temps, nous employions, comme on le faisait partout ailleurs, et comme on le fait même toujours, toutes nos heures de loisir à parler d'affaires et d'autres, à jouer ou à nous amuser. Maintenant, nous n'agissons plus ainsi, il s'en faut, nous nous en gardons bien ; et nous n'avons point, je vous l'assure, à le regretter.

» Quand on a un peu de raison et d'esprit, on

comprend, sans peine, qu'il est bien plus avantageux et bien plus agréable de se livrer, aux heures des récréations, à une étude volontaire et utile, qu'à jouer ou à s'amuser dans une cour ou un jardin. Est-ce vrai, Mademoiselle? — Oui, Mademoiselle, reprit la petite Champenoise, c'est bien vrai, j'en conviens.

» — Dans les écoles primaires de Châlons, repartit une autre Parisienne, en s'adressant à toutes les Champenoises, on ne travaille donc pas du tout, aux heures des récréations, comme on le fait ici? — Non, Mademoiselle, pas du tout, lui répondit une deuxième Champenoise.

» — Eh bien! Mesdemoiselles, continua la même Parisienne, si, à ce sujet, vous n'en êtes pas encore là, mettez-vous-y, commencez le plus vite possible; donnez-en l'exemple, le plus que vous le pourrez, dans toutes les écoles primaires de votre pays que vous connaissez. Et vous reconnaîtrez bientôt, après l'avoir fait, que vous n'en serez pas fâchées, que vous aurez plutôt à vous en applaudir.

» — A cet égard, dit une Champenoise, je suis tout à fait de votre avis. — Moi aussi! Moi aussi! s'écrièrent toutes les autres Châlonaises. »

Bien certaine que tout ce que l'on disait était goûté et approuvé, une Parisienne aux yeux vifs et pensifs qui n'avait pas encore ouvert la bouche, mais qui n'en pensait pas moins, se décida à prendre la parole à son tour ; et dit en s'adressant à toutes les petites Champenoises, et en leur montrant les tableaux noirs :

« Vous voyez ; dans nos études volontaires de style aux heures de nos récréations, nous ne faisons pas, pour nous instruire nous-mêmes, que des lettres, des narrations et des descriptions ; car nous faisons aussi, de temps en temps, des modèles d'actes privés, tels que des baux, des ventes, des factures, etc. Cette connaissance, il est vrai, ne sert guère aux femmes ; mais enfin ce n'est pas un mal qu'elles en aient quelques notions, soit pour elles-mêmes au besoin, soit pour leurs parents ou leurs amis. Dans quelque position de la vie que l'on se trouve, on ne peut jamais trop savoir ; c'est pourquoi, quand on le peut, il faut toujours que l'on s'instruise le plus possible. »

Toutes les petites filles là présentes, Parisiennes ou Champenoises, approuvèrent fort ces dernières paroles ; et terminèrent, par cette approbation générale, leur petite conversation.

Examen, par quelques inspecteurs des écoles primaires de la Seine, des élèves des écoles libres de Paris, de M. Rosier et de madame Fontange.

Parmi les élèves de M. Rosier et de Mme Fontange, un certain nombre appartenait à des pa-

rents instruits, en rapports directs avec quelques-
unes des premières personnes de l'Université; et
ceci fut suffisant pour que deux inspecteurs de
l'instruction primaire se rendissent un jour, aux
heures des récréations, dans les écoles de M. Rosier et de Mᵐᵉ Fontange, dont on leur avait signalé
le travail exemplaire et surprenant des élèves.
Ils se rendirent d'abord dans celle des garçons,
où ils furent surpris de voir une vingtaine d'écoliers de huit à douze ans qui écrivaient sur les
tableaux noirs, où ils faisaient toutes sortes de
compositions, mais principalement des lettres,
des narrations et des descriptions. Enchantés de
la bonne tenue de ces élèves, de leur air sérieux
et studieux, ils leur firent quelques questions sur
leur manière de travailler ainsi seuls aux heures
de leurs récréations; et n'eurent, de tous ceux
auxquels ils s'adressèrent, que de bonnes réponses, précises et polies; ce qui acheva de les
enchanter et de bien les disposer en faveur de
tous ces écoliers.

Comme c'était pour la première fois qu'ils
voyaient, dans des écoles primaires, de jeunes
enfants s'instruire eux-mêmes aux heures des récréations, et surtout dans l'art difficile du style,
ils prirent note, avec soin, de tout ce qu'ils
voyaient et entendaient, et se rendirent, de ce pas,
dans l'école de Mᵐᵉ Fontange, voisine de là, et
où ils virent à peu près les mêmes choses que

dans celle de M. Rosier. Pas moins frappés de la bonne tenue et de l'air sérieux et studieux des filles de cette école, qu'ils le furent dans celle de M. Rosier, ils leur firent également quelques questions sur leur manière de travailler aux heures de leurs récréations, et n'eurent, de même, de la part de toutes celles auxquelles ils s'adressèrent, que de bonnes réponses, aussi très-précises et très-polies.

Cachant leurs titres et leurs intentions aux élèves de ces deux écoles, ils leur dirent qu'ayant entendu parler de leur manière de s'exercer entre eux dans l'art du style, et aux heures de leurs récréations, ils avaient été curieux, en passant près de là, de s'assurer, par eux-mêmes, de la vérité de cette renommée intéressante, ou d'une étude volontaire et unique, et aussi belle et aussi utile qu'ils la trouvaient. Toutefois, tout en parlant de cette sorte, ou d'une manière mystérieuse, voilée, ils avouèrent à ces jeunes élèves qu'ils étaient très-contents de leur étude volontaire, qu'ils la voyaient avec plaisir. En prenant congé d'eux, ils les engagèrent à continuer dans cette bonne voie, et leur donnèrent même à comprendre que leur visite, dans leurs deux écoles, ne leur serait peut-être pas défavorable.

Ces dernières paroles, prononcées avec douceur et bienveillance, éveillèrent des soupçons dans les deux écoles. Les garçons, par un esprit de curiosité et de réflexion, se demandèrent de suite ce que c'était que ces deux messieurs, ce qui pouvait les avoir amenés là.

« Ils sont décorés, dit l'un d'eux, et ont un regard spirituel et imposant: à leur air, aux questions qu'ils nous ont faites, on voit, assurément, que ce ne sont pas là des hommes ordinaires, du commun. De plus, ils ont pris des notes de notre travail, et se sont parlé tout bas, à diverses reprises, en nous regardant fixement, et d'une manière frappante, remarquable. Par là, j'en conclus, si je ne me trompe, que leur visite, ici, a quelque chose d'un peu extraordinaire, mystérieux. — Tiens! dit, à cette occasion, un nommé Hector; je suis sûr que ce sont des inspecteurs des écoles primaires. Ils auront sans doute entendu parler de nos études volontaires de style aux heures de nos récréations, et seront probablement venus ici pour voir, par eux-mêmes, ce qu'il en est.

» — Eh bien! poursuivit un gros noir, s'il en est ainsi tant mieux; nous devons en être satisfaits, parce que cela nous fait honneur; et peut-être, après tout, en serons-nous récompensés: ils ont eu l'air de nous le donner à entendre en nous quittant. »

Tous approuvèrent cette dernière idée, la trouvèrent fort de leur goût; et pensèrent que ce gros noir, tout avec son air gauche, commun, pouvait bien, au fond, avoir raison, ne pas se tromper. Quant aux filles, elles jugèrent à peu près comme eux; elles dirent à peu près les mêmes choses.

———————

Récompenses honorifiques accordées, par M. le ministre de l'instruction publique, aux élèves de M. Rosier et de madame Fontange, pour avoir travaillé, aux heures de leurs récréations, à s'instruire eux-mêmes.

Les deux inspecteurs des écoles primaires de la Seine, qui, par curiosité et par devoir, visitèrent, sans se faire connaître, et aux heures de leurs récréations, les élèves de M. Rosier et de Madame Fontange, furent si satisfaits de la bonne tenue et des compositions volontaires de style de ces derniers, qu'ils ne purent s'empêcher d'en témoigner leur surprise et leur admiration à M. le recteur et à M. le préfet de la Seine, de leur en faire un rapport extraordinaire, tout à fait favorable. Dans ce rapport, plein de justice et de bienveillance, fait par de bons juges, ils ne manquèrent pas de solliciter, auprès des deux fonctionnaires publics auxquels il était adressé, des récompenses encourageantes et honorifiques pour tous les élèves qui en étaient si dignes. M. le préfet et M. le recteur, loin de se refuser à l'accueil de cette juste sollicitation, accordèrent même plus qu'on ne leur demandait. Bien convaincus que c'était encourager l'enfance à l'étude, et en donner l'exemple à toute la France, ils convoquèrent le conseil municipal de la ville de Paris et le Comité central de l'instruction publique de la Seine, pour leur soumettre la sollicitation des deux inspecteurs. Tous les membres de ces deux corps, aussi surpris de ce qu'ils venaient d'apprendre que l'avaient été M. le recteur et M. le préfet, votèrent à l'unanimité, pour la demande proposée. Et à l'instant même il fut arrêté, séance tenante, que les élèves de M. Rosier et de Madame Fontange seraient tous présentés, le 12 novembre, dans la salle Saint-Jean de l'Hôtel de Ville, où ils recevraient pour leur bonne tenue à l'école, et leurs compositions volontaires de style, les félicitations et les récompenses honorifiques qu'ils méritaient.

Le jour fixé, on les vit traverser, à pied, une partie de Paris, bien vêtus, couronnés de fleurs et de lauriers, et escortés par un détachement de gardes municipaux à cheval et à pied, marchant en avant et en arrière d'eux. Ils furent conduits de la sorte jusqu'à l'entrée de la grande porte de l'Hôtel de Ville, où il y avait une foule de curieux pour les voir, et où on les conduisit bientôt dans la salle Saint-Jean. Là où les attendaient déjà leurs parents et un grand nombre d'invités de tous rangs; là où brillaient, de toutes parts, les décors recherchés, le marbre, l'or, l'argent, le velours et la pourpre, ils prirent place sur des banquettes recouvertes de toile verte, et tous les garçons à droite et les filles à gauche. A peine furent-ils assis qu'ils portèrent vite leurs regards sur tout le monde qui les entourait, sur les riches décors de cette vaste salle où ils se voyaient; surtout sur la longue et large estrade qui s'élevait en face d'eux, et auprès de laquelle ils lisaient, à droite et à gauche, et sur de beaux trophées :

HONNEUR A L'ÉTUDE VOLONTAIRE, ET RÉCOMPENSES HONORIFIQUES ACCORDÉES, PAR M. LE MINISTRE DE L'INSTRUCTION PUBLIQUE, AUX ÉLÈVES DE M. ROSIER ET DE MADAME FONTANGE.

Comme ils admiraient ces flatteuses inscriptions, qu'ils avaient été loin de s'attendre à voir là, il entra tout à coup M. le préfet de la Seine et M. le recteur, accompagnés de MM. les membres du Conseil municipal de Paris, du Comité central de l'instruction publique de la Seine, et de quelques inspecteurs des écoles primaires. A l'apparition de tous ces fonctionnaires publics, ils se levèrent tous, et saluèrent, avec beaucoup de grâce et de modestie, ceux qui allaient les honorer de leurs éloges.

Enchanté de leur salut plein de grâce et de modestie, heureux de les voir tous bien disposés et d'un air content, M. le préfet sembla prendre plaisir à les contempler quelques minutes; après quoi il adressa, tout bas, quelques mots à M. le recteur. Ce dernier s'adressa ensuite, et aussi tout bas, à un inspecteur des écoles primaires. Ce troisième personnage, après quelques réponses à M. le recteur, invita les enfants qui le désiraient à se lever, à passer aux tableaux noirs qui étaient à leur droite et à leur gauche, sur des chevalets, à y faire des compositions concernant le style. A l'instant, on vit une trentaine de ces garçons et de ces filles voler au pied de ces tableaux, et prendre chacun un morceau de craie et une éponge. Fiers de briller, sentant que c'est ici le moment, ils baissent la tête, pensent un peu : leurs sujets trouvés, ils se hâtent d'écrire ; les coups de craie tombent sur les tableaux noirs comme la grêle dans les champs. En moins d'un quart d'heure tous les tableaux sont couverts de toutes sortes de compositions ou de lettres, de narrations, de descriptions, de ventes, de baux, de billets à ordre, etc. A peine ont-ils relu et corrigé ces compositions, que M. l'inspecteur, qui les a invités à les faire, les prie de les lire, et à haute voix. Aussitôt chacun et chacune lit ce qu'il a fait, et tous les assistants en sont émerveillés, pleins d'admiration ; ils ne peuvent en croire leurs yeux et leurs oreilles, tant leur surprise est grande. M. l'inspecteur ne se contente pas de ces compositions et de leur lecture; il fait encore des questions sur les principes du style, sur les formules de quelques actes privés.

Et toutes les réponses qu'il entend, soit des garçons, soit des filles, sont ce qu'elles doivent être.

M. le préfet, aussi étonné que les auditeurs, sourit de satisfaction, adresse tout bas la parole à plusieurs des fonctionnaires qui l'entourent, et semblent se montrer aussi satisfaits que lui-même de tout ce qu'ils voient et entendent. Doublement heureux de voir tout le monde content, ce magistrat se prépare enfin à parler à ces enfants, objet de son attention la plus marquée : dans cette douce et agréable disposition, il promène ses yeux sur tous, ou tantôt sur les garçons, tantôt sur les filles.

« Mes chers enfants, leur dit-il, je vous vois ici avec bien du plaisir; ce que vous venez de faire et de lire étonne tous les assistants. Celui qui vous a proposé de travailler, aux heures de vos récréations, à vous instruire vous-mêmes, à vous exercer dans le style, a eu la plus heureuse des idées: Cela prouve, de sa part, que c'est un enfant qui possède beaucoup de jugement et d'esprit, et que tous ceux qui ont écouté ses conseils et suivi son exemple, sont dignes de partager les louanges et les honneurs qu'il mérite.

» Instruits, par quelques-uns de vos parents, de ce qui se passait dans vos écoles, deux messieurs, amis de l'instruction et des bonnes qualités de l'enfance, prirent sur eux de vous voir secrètement, c'est-à-dire sans se faire connaître, afin de s'assurer, par eux-mêmes, si ce qu'on leur disait de vos études volontaires aux heures de vos récréations était bien vrai. Convaincus, par un seul coup d'œil, de la vérité, aussi satisfaits de votre bonne tenue en classe que de vos études volontaires en style, ils sollicitèrent pour vous, auprès de M. le recteur et de moi, des encouragements et des récompenses honorifiques. Bien certains que vous méritiez d'obtenir toutes ces choses, puisqu'elles vous étaient demandées par de tels juges, nous ne nous y refusâmes point, nous accueillîmes plutôt la demande avec plaisir. Et, sans perdre de temps alors, nous fîmes vite part de nos résolutions à MM. les membres du Conseil municipal de la ville de Paris, et à ceux du Comité central de l'instruction publique, ici présents; et qui, tous, en apprenant cette heureuse nouvelle, votèrent, à l'unanimité, pour la demande qu'on leur faisait en votre faveur.

» Séance tenante, cette demande fut rédigée, signée par tous les membres présents, et envoyée tout de suite à M. le ministre de l'instruction publique, chargé d'approuver son exécution. Aussi surpris et aussi satisfait que nous, de tout ce qu'il apprenait de vous, de ce qu'on lui demandait pour vous, ce premier membre de l'Université s'est hâté de répondre à une demande générale si juste, si bien méritée, et m'a chargé, en conséquence, et en son nom, de l'accomplir ici aujourd'hui.

» Voilà ce qui fait, mes chers enfants, que vous vous voyez tous réunis, en ce moment, dans cette grande et riche salle, en présence de vos parents et d'un nombreux auditoire dont tous les yeux sont fixés sur vous, et où vous allez recevoir, à l'instant même, par les mains de M. le recteur, les récompenses honorifiques qui ont été demandées pour vous par deux officiers de l'Université, ici présents, et accordées par M. le ministre de l'instruction publique. Il m'est doux et agréable, chers enfants, d'être chargé de vous apprendre, pour votre bien et votre satisfaction personnelle, une telle nouvelle. »

A cette annonce, tous les enfants se regardèrent d'un air de surprise ; une joie vive et très-apparente se peignit de suite sur leurs figures. Cette joie enfantine fut remarquée de tous les assistants, qui ne parurent pas moins heureux. Un silence profond régna alors dans toute la salle, et tous les regards se portèrent bientôt sur M. le recteur, chargé de donner connaissance des récompenses honorifiques qui allaient être décernées aux élèves de M. Rosier et de madame Fontange. Chacun d'eux fut appelé par son nom, et alla recevoir à l'estrade, et des mains de M. le recteur, la récompense honorifique et méritée qui lui était accordée et décernée. Valentin, comme première cause de toutes ces choses, fut récompensé le premier, et reçut une croix d'honneur en or ; quant aux autres élèves, filles comme garçons, ils reçurent tous, chacun selon leur mérite, une croix d'honneur ou une médaille, soit en argent soit en bronze. Ces récompenses distribuées, M. le préfet prit la parole et dit :

« Vous voyez, mes chers enfants, l'avantage qu'il y a à être sage et studieux, à aimer l'instruction : on en recueille d'abord une grande satisfaction personnelle, puis d'excellents résultats, d'une utilité indispensable, ou qui servent à tout moment et à toutes les époques de la vie. Si, comme on l'a toujours fait jusqu'à ce jour, vous eussiez employé le temps de vos récréations à vous amuser, à jouer ; si vous ne l'eussiez point employé à vous instruire vous-mêmes, comme vous l'avez fait, à vous exercer dans l'art difficile du style épistolaire, vous ne seriez pas ici aujourd'hui, vous ne jouiriez pas des éloges et des honneurs qui vous sont prodigués.

» Sous les yeux de vos parents et de vos maîtres, en présence d'un nombreux auditoire et des fonctionnaires publics qui vous honorent et vous admirent, quels plaisirs ne devez-vous pas avoir goûtés ! Pour vous, oui, quel jour heureux ! Que de gloire rayonne sur vos jeunes têtes !... A votre âge, être déjà l'objet de tant d'honneurs et d'admiration, c'est beaucoup, c'est même rare, extraordinaire. Mais ce qui l'est encore plus, et ce dont vous ne vous doutez peut-être pas, c'est que, sous peu, vous ne serez seulement pas connus qu'à Paris, vous le serez dans toute la France, et par la voix flatteuse des journaux consacrés à l'enseignement, afin d'en donner le bon exemple à tous les enfants de votre âge et de votre patrie.

» Continuez, mes bons amis, tant que vous le pouvez, à marcher dans de telles voies; rendez-vous dignes, par votre conduite et votre travail volontaire, des éloges et des honneurs publics dont on vous comble aujourd'hui. Par là, marchez d'un pas ferme et droit vers le bonheur que vous désirez, pour lequel Dieu vous a créés, et que je vous souhaite de tout mon cœur, ainsi que Messieurs les fonctionnaires publics ici présents, qui m'entourent, et qui, comme moi, s'intéressent à vous et à tous les enfants de votre âge. »

Ces dernières paroles, qui furent prononcées avec une bienveillance toute paternelle, émurent fortement ces jeunes écoliers; tous en avaient les larmes aux yeux, excepté Valentin; seul, il paraissait calme et réfléchi. Dans cette contenance, que chacun remarque, il se lève, tend la main droite vers les fonctionnaires publics, et demande la parole à M. le préfet.

« Je vous l'accorde avec plaisir, mon enfant, lui répond gracieusement le magistrat, parlez ; nous sommes tous disposés et prêts à vous entendre. »

Un profond silence règne de nouveau dans toute la salle; tous les yeux se portent sur Valentin ; il n'en est point déconcerté, il regarde lui-même M. le préfet, qui est en face de lui, et lui dit :

« Quoique enfant, âgé de douze ans, je sens vivement, monsieur le préfet, tout ce que vous venez de dire et de faire pour nous; je crois comprendre, surtout, comme vous avez la bonté et la complaisance de nous l'expliquer, que si nous sommes ici aujourd'hui, que si nous nous y voyons couverts d'éloges et d'honneurs, c'est d'abord à notre conduite et à notre travail que nous le devons, puis à nos maîtres et à nos parents. Mais je dois ajouter que c'est aussi à vous et à M. le recteur, monsieur le préfet, ainsi qu'à tous ces messieurs les fonctionnaires publics ici présents.

» Pour ma part, j'avoue, avec une grande satisfaction, que je vous en suis, à tous, infiniment reconnaissant, et je pense que tous mes camarades et toutes ces demoiselles sont de même. N'est-ce pas, amis, et vous aussi, mesdemoiselles, leur dit-il en se tournant vers eux, que vous êtes tous de même? — Oui! oui! s'écrièrent-ils tous à la fois en se levant précipitamment, et

en tendant la main droite vers **M**. le préfet; tous!
tous!

» Attendu, continua Valentin, que ce jour est,
pour nous tous, beau et honorable, qu'il nous
couvre tous d'éloges et d'honneurs, il convient,
ce me semble, que nous cherchions, par de nobles sentiments, par de grandes pensées, à nous
rendre dignes de la bienveillance et de la géné-
reuse intention de tous ceux auxquels nous le
devons. Or, en quoi consistent ces nobles sentiments et ces grandes pensées? A aimer et à recher-
cher, si je ne me trompe, la justice et la vertu, à
marcher toujours droit et ferme dans le sentier de
la sagesse, de la morale et de la religion; à ne
jamais en sortir, à le jurer par devant Dieu et les
hommes. Et c'est, monsieur le préfet, vous pouvez m'en croire sur parole, ce que, à partir de ce
moment, je jure ici par-devant vous tous, je le
jure selon vos sages et bons conseils, afin d'en
donner partout, et autant que je le pourrai,
l'exemple à tous les enfants de mon âge.

» Vous entendez tous les serments que je fais,
amis, dit-il encore à tous ses camarades en se
tournant de nouveau vers eux, ainsi que vous
toutes, mesdemoiselles? Ces serments que j'ai
prononcés avec fierté et en votre nom, vous jurez
tous aussi, n'est-ce pas, et du fond de votre con-
science, de ne les enfreindre jamais?...

— Oui! oui! s'écrièrent-ils tous encore à la

fois, et en levant la main, nous le jurons! nous le jurons! »

A ces cris, à cette mâle attitude, à cette reconnaissance, à cette résolution si manifeste, si prononcée, tous les auditeurs furent touchés jusqu'au fond de l'âme; tous versèrent des larmes d'émotion; M. le préfet, également touché, se leva, s'avança vers ces enfants, et dit à Valentin, en lui tendant les bras :

« Venez, mon enfant! venez, que je vous embrasse pour vous et pour tous vos camarades, vous le méritez bien! »

Après avoir embrassé cet enfant, ce magistrat se tourne vers les assistants, à droite et à gauche, montre Valentin et tous ses camarades, et continue :

« Voilà, messieurs et mesdames, des enfants dignes de vous et de la France! »

A ces dernières paroles, des applaudissements répétés partent de toutes parts. Heureux du contentement de tous, parents et élèves, ce magistrat retourne à sa place, adresse la parole à M. le recteur et à plusieurs fonctionnaires publics, et fait signe en même temps au chef de musique de la garde municipale de Paris, qui attend ses ordres, de faire jouer un air. Aussitôt des sons harmonieux, enivrants, frappent toutes les oreilles, touchent tous les cœurs, et terminent une journée qui, pour quelques en-

fants et quelques personnes de Paris, est une des
plus belles et des plus heureuses que l'on puisse
voir et souhaiter.

---

*Conversation enfantine entre de petits garçons et de petites filles
de deux écoles libres de Paris, concernant le style facile et la
lecture des bons livres.*

Comme, parmi les élèves de M. Rosier et de
madame Fontange, il y en avait qui étaient frères
et sœurs, cousins et cousines, ils eurent occasion,
par là, de faire connaissance avec beaucoup d'é-
coliers et d'écolières des écoles voisines des leurs ;
cette connaissance qu'ils eurent ainsi leur per-
mit, bien entendu, de parler, de temps en temps,
de l'étude du style facile, à laquelle ils se livraient tous depuis sept ou huit mois. Après en
avoir parlé à plusieurs reprises, ils se proposèrent,
un soir qu'ils se voyaient réunis en grand nombre, de faire un repas champêtre en l'honneur
des leçons de style facile qu'ils se donnaient
eux-mêmes aux heures de leurs récréations, une
espèce de petite fête. Lorsqu'ils furent tous d'ac-
cord à cet égard, ils décidèrent que ce repas et
cette petite fête qu'ils se proposaient, auraient lieu
dans les premiers jours du printemps, vers la fin
du mois de mai. Aussitôt que le jour désigné pour
cela fut arrivé, ils ne perdirent point de temps ;
ils se vêtirent tous du mieux qu'ils purent, se

couronnèrent de fleurs et de lauriers, et se rendirent tous, dans ce beau costume, sur le bord d'un petit ruisseau qui se jette dans la Seine, où la prairie qu'il arrose était émaillée de fleurs, de marguerites et de violettes. Là chantaient toutes sortes d'oiseaux qui semblaient, par leur chant, vouloir prendre part à leur repas et à leur fête: Là, assis à l'ombre, sous des tilleuls et des aulnes, puis sous quelques arbres fruitiers chargés de fleurs, ils se mirent bientôt tous à manger et à boire: chacun alors mangea et but ce qu'il avait apporté dans son panier d'école. Quelques-uns avaient du poulet, du canard, des confitures, des pommes, des poires, du vin; d'autres avaient, au contraire, du bifteck, du mouton, du veau, de l'oie, de la dinde, du lièvre, du lapin, du gâteau, des abricots, du raisin, des oranges, du biscuit, des figues, des dattes, du cidre ou de la bière. Après avoir mangé et bu selon leur appétit et leur soif, et d'une manière très-gaie, ils commencèrent à parler de leur étude de style facile, à faire valoir les avantages qu'ils pourraient en retirer dans le cours de leur vie. Les uns disaient, à cet effet, qu'elle avait beaucoup contribué à développer leur intelligence, à former leur jugement, à leur faire sentir le besoin de s'instruire, à s'exprimer d'une manière convenable en écrivant. D'autres approuvaient cette étude, convenaient de cette vérité, du fait : ils avouaient qu'ils s'en trouvaient bien, en étaient tous très-satisfaits. Chacun d'eux, enfin, se montrait joyeux d'en parler, de dire franchement sa façon de penser. Pendant qu'ils causaient de la sorte, il y en eut un qui pria de faire silence : il demanda la parole, qui lui fut accordée, et dit :

« Oui, mes amis, les leçons de style facile, que nous .nous sommes données nous-mêmes aux heures de nos récréations, nous ont été très-utiles ; car elles nous ont servi à développer notre intelligence, à former notre jugement, ou à nous exprimer, en écrivant avec plus de précision, d'élégance, à mieux rendre nos idées de toutes manières. Et nous sommes peut-être, j'aime à le croire, les seuls enfants de toute la France qui aient travaillé de cette façon, ou le mieux employé leur temps. Mais si nous avons agi de la sorte, si, dans l'art difficile d'écrire, nous avons obtenu quelques succès en nous posant, nous-mêmes, toutes sortes de questions instructives et en y répondant, à qui en devons-nous d'abord la première idée ? A Valentin, n'est-ce pas ? car c'est lui qui nous en a parlé le premier, nous y a tous excités, engagés. Or, pour nous avoir proposé une aussi bonne chose, si nécessaire, que mérite-t-il de notre part ? que nous buvions à sa santé, n'est-ce pas ? — Oui ! oui ! s'écrièrent-ils tous aussitôt, il le mérite ! il le mérite ! »

Et tous, à l'instant même, burent à sa santé, en portant les yeux sur lui, en lui témoignant leur reconnaissance par un doux sourire, en lui tendant une main amie. « Pour bien le remercier selon son mérite, dit aussitôt un autre qui n'avait encore rien dit, et lui témoigner notre reconnaissance, ce n'est pas assez de boire à sa santé, il faut faire plus, il faut lui donner une couronne différente des nôtres ; ou une en feuilles et en fleurs d'or. — Oui ! oui ! s'écrièrent-ils tous encore : il le faut ! il le faut ! »

Et à la minute, celui qui la proposa la montra à tous, et la lui mit sur la tête ; puis tous l'embrassèrent et lui serrèrent la main.

En voyant tant de joie parmi tous ses camarades d'étude, tant de reconnaissance, Valentin pleura ; il ne put comprimer sa sensibilité ; il éprouva la plus vive émotion. Dans cet état, il fit signe qu'il voulait parler, qu'il désirait aussi qu'on l'écoutât. Tous se montrèrent de suite prêts á l'entendre. Alors il se hâta de prendre la parole, et dit à son tour :

« Je me félicite de l'idée que j'ai eue, et de vous l'avoir communiquée, de vous avoir fait une bonne proposition pour vous instruire vous-mêmes aux heures des récréations, vous exercer dans le style facile, parce que je vois, aujourd'hui, que vous en avez tous senti l'importance, et su en profiter. C'est, je l'avoue, ce qui me fait le plus de plaisir, me réjouit, et vient de faire couler mes larmes, que je n'ai pu retenir. Oui, mes

bons amis, n'en doutez point, soyez-en bien persuadés, rien ne nous sera plus utile que de savoir
bien nous expliquer en écrivant, ou que de savoir
composer toutes sortes de discours, surtout, que
de savoir écrire une lettre à nos parents, à nos
amis, ainsi que de pouvoir répondre à celles que
l'on nous écrira. Néanmoins, combien y en a-t-il
encore qui n'en sont pas capables! Combien y en
a-t-il en France et dans tous les pays du monde ! Il y
en a des milliers et des millions !... Quant à nous,
grâce à Dieu, nous n'en sommes pas réduits à ce
point, il s'en faut ; car voici que nous sommes
tous assez forts en ce genre, ou que nous possédons tous, à bien peu de chose près, toutes les
connaissances nécessaires pour écrire d'une manière correcte. Maintenant que nous savons écrire
ainsi, nous ne devons pas en rester là ; nous
devons nous livrer à une autre étude utile, ou à
celle qui est la plus propre à finir de nous développer l'intelligence et de nous former le jugement. Or celle-ci est, sans contredit, celle de la
religion, de la morale et de la philosophie, et
elle ne peut être acquise que par une bonne lecture, puisée dans de bons livres. C'est vrai que
ces derniers sont rares, qu'il y en a encore bien
peu de leur genre ; mais quelque peu nombreux
qu'ils soient, il en existe néanmoins assez pour
nous instruire suffisamment à cet égard ; c'est
pourquoi nous devons les lire.

6.

La religion est la première des connaissances, parce que c'est elle qui nous montre que nous sortons de Dieu, que nous ne pouvons vivre sans lui ici-bas, et que nous retournerons avec lui après notre mort. Sous ce rapport, elle est bien, en vérité, la première des connaissances, la plus désirable. Après elle vient la morale, qui a pour objet de nous faire connaître et remplir convenablement tous nos devoirs envers tous les êtres, quels qu'ils soient. Celle-ci, comme ayant pour principe de savoir nous mettre, en bien et en mal, à la place des autres, afin de ne pas leur faire de mal, de leur faire plutôt le plus de bien possible, est, comme connaissance relative aux choses humaines, la première, ou celle qui convient le plus à tout le monde. Mais malheureusement on s'en occupe bien peu, elle n'est presque pas du tout connue des ouvriers, que très-peu des riches; et les plus instruits même n'y sont guère avancés ; et c'est fâcheux pour toute la société, parce qu'elle en souffre toute.

La philosophie ne traite de rien en particulier, elle parle de tout en général ; pour mieux dire, c'est la connaissance des connaissances, ou celle qui sert à donner toutes les autres, à les apprécier, les juger. Son grand principe, à elle, consiste à savoir bien approprier les choses aux personnes, et les personnes aux choses. Livrés à nous-mêmes, nous ne pouvons encore rien comprendre dans ces trois connaissances; mais en faisant ce que je vous conseille, ou en lisant de bons livres, ceux où on en parle, nous le pouvons un peu. Ceux de ces livres, à cet effet, que nous devons voir, sont, selon moi, le *Simon de Nantua*, la *Bible*, le *Conducteur de la jeunesse, ou l'Étude du bonheur à l'entrée dans la vie*, puis *le Moraliste, ou l'Étude de la morale théorique et pratique*.

Lorsqu'on a lu, attentivement, ces quatre ouvrages, on a pu acquérir beaucoup de bonnes idées; on est capable alors, si on a un peu d'esprit, de pouvoir comprendre et remplir tous ses devoirs; et c'est à quoi doivent s'appliquer tous les enfants de notre âge.

— Ces deux derniers livres, dit ici un nommé Aubin à Valentin, ont de beaux titres; si ce qu'ils contiennent est conforme à ces titres, ils doivent être très-intéressants, de la plus grande utilité à tout le monde : comme tu les as sans doute lus, veux-tu nous en expliquer un peu le plan, ou nous dire, en quelques mots, ce qu'ils renferment ? je pense que nous en serons tous satisfaits.

— N'est-ce pas, amis, que vous le pensez ? — Oui! oui! répondirent-ils vite, nous le pensons! Nous le pensons !...

—Eh bien! dit Valentin, enchanté de ces bonnes dispositions, content de voir tout ce qu'il voyait dans l'assemblée, puisque, par leurs titres seuls, ces livres vous plaisent, que vous désirez tous savoir, en quelques mots, ce qu'ils contiennent, je vais vous le dire, je m'en ferai même un grand plaisir. Dans ce cas, je suis tout prêt à vous satisfaire, écoutez:

Le Conducteur de la jeunesse a été fait pour l'instruction des jeunes gens de quinze à vingt ans; c'est un ouvrage qui a pour but de leur indiquer les moyens d'entrer heureux dans la vie : à cet effet, il leur en montre d'avance, et comme dans une glace, les principaux biens et les principaux maux, afin qu'ils puissent par là jouir des uns et éviter les autres. A l'aide de cette peinture de l'histoire de la vie ordinaire, et de quelques leçons morales, religieuses et philosophiques du premier ordre, il donne une étude complète du bonheur, mise à la portée et à la pratique possible de tous les esprits, riches ou pauvres. C'est là, assurément, ce qui en fait le mérite, ou ce qui met toutes les personnes à même de vivre le plus heureusement possible, ou de goûter, chacun dans sa condition, d'une manière facile et raisonnable, le bonheur que désirent et que cherchent toujours tous les êtres intelligents; et qui, malgré tous les soins que l'on y met, est si difficile à connaître, surtout à se procurer d'une façon juste et sage. Quant au *Moraliste*, il ne parle, lui, que de la connaissance théorique et pratique de nos devoirs; mais c'est d'une manière rigoureuse, complète, comme on ne l'avait point encore fait jusqu'à ce jour. Ce qu'il en dit, à cet égard, est si clair, si vrai, que tout le monde peut le comprendre, même les esprits les plus bornés. Son grand principe, à lui, consiste à bien savoir se mettre, en bien et en mal, à la place de tous les êtres, afin de pouvoir comprendre, par là, que l'on doit, en toute occasion, leur faire toujours le plus de bien possible, et jamais de mal. A ce sujet, il propose de faire des expériences pratiques volontaires, dont il explique les moyens. C'est ce qu'ont pu penser les plus grands philosophes moralistes, mais ce qu'aucun d'eux n'a encore dit ou écrit ; du moins ce n'est pas connu, ou très-peu.

Voilà, en quelques mots, comme vous le désiriez, ce que contiennent ces deux ouvrages qui n'existent qu'à peine ; ou qui, par leur beauté et leur grande utilité à toutes les personnes, sans aucune exception, méritent l'approbation générale. »

— S'ils sont tels, dit une petite fille blonde, je veux les lire, moi ; je veux me les procurer.

— Moi aussi ! moi aussi ! s'écrièrent à la fois tous les assistants.

— Vous ferez bien, reprit Valentin, parce qu'il n'y a rien qui, pour finir de vous développer l'intelligence et vous former le jugement, puisse vous être plus utile que leur lecture. Ce qui le prouve, c'est que, livrés à nous-mêmes, ou sortant des mains de la nature, nous sommes tous, en général, plutôt portés au mal qu'au bien ; nous faisons toujours, dans toutes nos actions, le contraire de nos devoirs. Comme nous sommes tels, il convient, en conséquence, que nous cherchions à corriger ces travers en nous, à les détruire entièrement : et il n'y a, pour y réussir, qu'un moyen : c'est celui que je vous propose, ou qui consiste à lire de bons livres, où se trouvent des idées grandes, nobles, généreuses, divines ; et ces livres sont ceux que je vous cite. C'est vrai que nous sommes encore un peu jeunes pour les comprendre ; mais, bien que tels, c'est toujours bon que nous les lisions maintenant, afin d'en conserver le souvenir pour les relire plus tard, à l'âge où nous pourrons les comprendre entièrement. »

A ces dernières paroles ils ne dirent rien, ils ne se regardèrent même pas ; ils étaient comme frappés d'admiration. Ce ne fut qu'au bout d'un instant, ou que lorsqu'ils furent bien sûrs que Valentin ne parlait plus, qu'ils se mirent à parler eux-mêmes, à se témoigner leur surprise de tout ce qu'ils venaient d'entendre.

Frappé, lui-même, par cette admiration qu'il remarquait en eux, satisfait de son discours, Valentin jugea convenable de profiter de cette bonne disposition pour pousser sa tâche jusqu'au bout : il fit alors signe qu'il désirait encore parler un peu, et continua en ces termes :

« Jusqu'à ce jour, mes amis, la société, malheureusement agitée par les passions, a été perverse, corrompue, injuste ; ses membres sont vicieux, à l'exception d'un très-petit nombre. Or, elle ne peut devenir meilleure que par la connaissance de ses devoirs religieux et moraux. Il faudonc nous en instruire suffisamment, ou acquérir, à cet égard, toutes les lumières qui nous sont nécessaires. Nous qui sommes jeunes, commençons à étudier de suite nos devoirs dans les livres qui les enseignent ; et tàchons de devenir, par là, des modèles de sagesse, de justice et de vertus morales. Donnons-en, s'il se peut, un bon exemple à toute la société française, afin que toutes les nations du monde puissent se dire, dans un avenir prochain :

« La France studieuse est éclairée et civilisée ; c'est elle qui brille le plus par la sagesse, la moralité, la justice, les lumières et les vertus de ses enfants. »

— Trouvez-vous ces paroles belles, à votre goût, vous plaisent-elles ? — Oui ! oui ! s'écrièrent-ils tous ; elles nous plaisent ! elles nous plaisent !... Vive la France ! Vive la France ! »

A ces mots, qu'ils répétèrent à plusieurs reprises, une petite fille, nommée Élisa prit la parole pour terminer, et dit :

« Auprès de ce ruisseau qui fait entendre un

doux murmure, dans cette prairie qui est émaillée de marguerites et de violettes, sous ces tilleuls et ces aulnes qui nous ombragent, sous ces arbres fruitiers qui sont chargés de fleurs, pensons à Dieu qui nous donne la vie et nous la conserve ; chantons sa bonté et sa puissance, couronnons cette fête par des chants divins. »

Tous applaudirent à ces belles propositions, se mirent à chanter, tout de suite, la bonté, la puissance et la gloire de Dieu. A leurs voix mélodieuses, à leurs chants religieux, reconnaissants envers le Créateur, le maître de l'univers, on se sentait ému jusqu'au fond de l'âme, et pénétré d'un saint respect pour ces petits enfants qui seront un jour l'honneur et la gloire de la France. En les voyant si sages, si pieux, si bien disposés à s'instruire, à devenir vertueux et savants, on tendait la main pour les bénir, on se prosternait devant l'Éternel qu'ils adoraient, dont ils chantaient les louanges et la gloire ; on lui disait, les larmes aux yeux :

« Bénissez, grand Dieu ! bénissez tous ces petits enfants qui sont votre ouvrage ! Conduisez-les tous, dès leurs premiers pas, dans la voie de la sagesse, de la bonté, de la justice et de la vertu ; aidez-les à marcher droit, sans dévier, afin qu'ils puissent goûter, le plus possible, le bonheur qu'ils aiment, qu'ils cherchent, et pour lequel vous les avez tous créés.

CONCLUSION

On voit maintenant, comme nous l'avons dit dans la préface, que le style dépend entièrement de l'imagination, qu'il est assujetti à une infinité de formes, de convenances ; et que l'on ne peut, par ce moyen, le réduire en méthode, que l'on ne peut qu'en indiquer les règles, ou les principes. Or c'est ce que nous avons fait dans quelques conversations enfantines, où nous avons donné, à cet égard, toutes les explications nécessaires. A l'aide de ces explications et de nombreux modèles de descriptions, de lettres, de narrations, de ventes, de baux, d'obligations, de quittances, de billets à ordre, etc. ; qui les précèdent ou qui les suivent, les enfants un peu studieux et intelligents ne peuvent manquer de comprendre l'utilité du style, et de s'y exercer suffisamment eux-mêmes, ou avec bien peu de secours. Sous ce point de vue, ils gagnent beaucoup à lire cet ouvrage, à le copier, à l'écrire sous la dictée du maître ou de leurs parents.

Paris. — Imprimerie de ÉDOUARD BLOT, rue Saint-Louis, 46.
(Ancienne maison Boudey-Dupré).